이히 리베 디히

바다로 간 달팽이 **012**

이히 리베 디히

1판 1쇄 발행일 2014년 10월 27일 • **1판 1쇄 발행부수** 2,000부
글쓴이 변소영 • **펴낸이** 김태완 • **펴낸곳** (주)도서출판 북멘토
편집주간 김혜선 • **편집** 진원지, 박혜리 • **디자인** 안상준 • **마케팅** 이용구 • **관리** 윤희영
출판등록 제6–800호(2006. 6. 13)
주소 121–869 서울시 마포구 월드컵북로 6길 69(연남동 567–11), IK빌딩 3층
전화 02–332–4885 • **팩스** 02–332–4875

ⓒ 변소영, 2014

ISBN 978–89–6319–114–0 03810

바다로
간   012
달팽이

이히 리베 디히

변소영 지음

북멘토

차례

바구니와 딱지

저녁 8시, 밖이 어둑어둑하다. 성숙은 세수를 하려고 마음의 준비를 단단히 한다. 다행히 아들이 집에 있다. 늦은 오후에 학교에서 돌아와 지금껏 제 방에서 늘어지게 자고 있다. 세수하는 게 조금 덜 무섭다.

괜찮아, 아무 일 없을 거야, 금방이면 돼, 되뇌며 성숙은 얼굴에 물을 묻힌다. 눈을 감고 비누칠을 한다. 눈 감은 순간이 채 5초도 되지 않아 재빨리 헹군다. 부리나케 눈을 뜬다. 비눗기가 아직 남아 있어 요즘 아이들 말로 눈이 레알 따갑다. 바로 옆에 놓아둔 수건으로 얼른 닦는다.

성숙은 크림을 바르며 휴, 안도의 숨을 내쉰다. 세수를 마쳤으니 오늘 하루도 무사히 지났군, 이 나이 되도록 세수와 전쟁을 벌이다니, 중얼거리며 거울을 본다. 화장기 없는 얼굴에 40대 중반의 나이가 가감 없이 쓰여 있다. 이만하면 됐어, 중얼거리며 씩 웃는다는 중년남자들과는 달리 성숙은 기미를 살피며 휴, 한숨을 내쉰다.

소파에 누워 수사극을 본다. 범인을 밝히는 데에 동물적인 촉수를 지닌 형사가 아니라 동네 아저씨처럼 털털하게 생긴 형사의 얼굴이 반갑다. 띠다띠다, 끼이익, 헉헉…… 거대한 음모를 획책하는 냉혈한이 아니라 동네의 어느 부잣집에서 물건을 훔치다가 흠칫 놀라는 바람에 칼로 사람을 해한 범인이 도망을 간다. 범인의 뒤를 아저씨형사가 추격한다. 빵집과 세탁소와 숲을 돌며 한참 동안이나 범인을 쫓아간다. 저 빵집, 어쩐지 눈에 익어, 혹시 우리 동네에 있는 빵집이 아닐까, 생각하는 순간 형사가 멈춰 선다. 그녀를 바라보며 묻는다.

"대체 뭘 먹은 거야? 이게 무슨 냄새냐고?"

추격하느라 얼굴이 붉어지고 숨이 가쁜 아저씨형사의 모습이 지금의 남편과 비슷하다. 말투는 결혼한 직후의 남편이랑 똑같다. 가장 안 좋은 콤비네이션이다. 성숙은 남편 카이와 8년 전부터 따로 살고 있다. 하지만 이혼은 하지 않았고, 지금 친구처럼 지내고 있다.

성숙은 카이를 대학 4학년 때 미팅에서 처음 만났다. 엄마의 권유로 몇 개월 동안 한국에 어학코스를 밟으러 왔다는 카이는 키가 크고 이목구비가 또렷한데다 지금과 달리 홀쭉하고 행동이 언제나 나이스했다. 그걸 자신에 대한 호감이라고, 사랑이라고까지 여겨 성숙은 성숙지 못하게도 졸업하자마자 그를 찾아 무작정 독일로 날아왔다. 지금이 아니면 결코 오지 않을 최고의 순간을 놓칠 것만 같은 그 어떤 조급함 때문이었다.

하지만 성숙을 본 카이는 무척 당황스러워했다. 이후 시큰둥한 태도로 일관했다. 스튜어디스의 친절을 자신에게 보내는 호감으로 착각하는 남자가 있듯 그녀도 착각한 것이었다. 그런 카이에게 바르르, 바르르, 떨었듯 성숙은 형사에게 대꾸한다.

"생선 굽자마자 창문 열어 놨어! 사람이 먹는 거 가지고 계속 그럴 거야? 엉?"

네 겨드랑이 냄새에 비하면 아무것도 아니야,라고까지 말하려다가 성숙은 참는다. 참기 위해 침을 한 번 꼴깍 삼킨다. 그러다 깨어난다. 깜빡 잠이 들었나 보다.

참내, 아직도 그에 대한 적개심이 남아 있나? 성숙이라는 사람은 이름답지 않게 여전히 성숙하지 못하군, 그녀는 생각한다. 딸이 평생 미성숙하게 살 것을 염려한 아버지가 남이 이름을 불러 줄 때만이라도 각성하기를 바라는 마음에서 성숙이라는 이름을 지어 주었나, 생각하기도 한다. 자신이 무작정 독일로 날아온 이후 아버지는 한국에서 혼자 살고 있다. '혼자'라는 단어와 '아버지'라는 단어가 한 문장 안에 나란히 들어가자 성숙은 잠시 마음이 짠하다. 3년 전에 팀과 한국에 갔을 때 큼큼한 냄새가 나는 아버지의 이부자리 주변에 놓여 있던 이런저런 약과 파스 들이 생각난다.

화장실에 가기 위해 봐도 그만 안 봐도 그만인 수사극을 뒤로하고 복도로 나간다. 아들, 팀의 방문이 조금 열려 있다. 까만색 팬티를 입은 팀이 청바지에 오른쪽 다리를 넣으려고 막 허리를 굽힌다. 그녀의 눈길이 꾹꾹 담아 놓은 고봉밥 같은 아들의 불룩한 그 부분에 자동적으로 가 닿는다. 짜식, 가소롭기는, 너도 남자다 이거지? 속생각을 하며 팀에게 불쑥 묻는다.

"엄마가 빨아 놓은 하얀색 면 팬티를 안 입고 왜 그 시커먼 나일론 팬티야? 누구한테 섹시하게 보이려고 그러는데?"

"헉! 엄마, 엽기야!"

청바지에 막 왼발을 집어넣으려다가 놀라는 바람에 팀이 앞으로 꼬꾸라질 뻔한다.

"엽기는 무슨! 네가 내 아들이지 내 남자냐? 아무리 큰 척

해도 넌 아직 내가 팬티를 빨아 주는 내 아들이야!"

성숙은 아무렇지 않게 대꾸하며 화장실로 들어간다. 면 백 퍼센트의 하얗고 펑퍼짐한 팬티를 내리며 변기에 앉는다. 그녀는 아들의 나일론 팬티가 못마땅해 언제나 하얀색 면 팬티만 빨아 준다. 팀은 필요할 때마다 빨래통 가장 아래에 처박혀 있는 까만색 팬티를 꺼내 스스로 빨아 입는다.

팀은 1년 전 이맘때, 그러니까 그가 17살이 되었을 때 자신을 남자로 인정해 주길 원했다.

"엄마, 나, 레나와 다음 가로등까지 함께 걸어가기로 했어."

"다음 가로등까지? 그게 무슨 말이야?"

"레나와 사귀기로 했다고!"

"아, 그렇군!"

"엄마, 오늘 레나 우리 집에 와서 자고 가도 돼?"

또래 학부형을 통해 아들의 여자친구, 또는 딸의 남자친구에 대한 이야기를 수없이 들어왔기에 언젠가 아들도 그런 질문을 하리라 예상했지만, 각오까지 하고 있었지만 성숙은 순간 당황했다. 그녀의 입에서 아주 짧은 대답이 튀어 나갔다.

"안 돼!"

"안 돼? 왜?"

"싫으니까!"

"싫어? 왜?"

"그냥 싫어!"

"그냥 왜 싫은 건데?"

"싫으면 싫은 거야!"

"그래? 그렇담 나도 엄마처럼 말할래. 난 좋아! 그냥 좋아! 좋으면 좋은 거야!"

논리적인 말을 주고받으며 차분하게 토론하는 독일 문화에 익숙하지 않은 성숙은 아들과 짧게 몇 마디 주고받는 동안 마음이 격해졌다.

"팀, 이 집 월세, 엄마가 내고 있어. 그러니까 이 집의 주인은 엄마야. 넌 엄마의 규칙에 따라야 하는 세입자라구!"

"'팀이 레나를 데리고 와서 자면 안 된다'라는 조항이 세입자의 규칙에 들어 있다는 거야 뭐야? 그럼 '레나가 쓰는 물값을 내야 한다'라는 조항도 들어 있어?"

"……."

적당한 대답으로 받아치고 싶었지만 이미 약이 오른 성숙에게는 딱히 떠오르는 말이 없었다.

"엄마, 레나가 와서 내 방에서 자면 내가 불을 안 켜는 시간이 길어질 테지? 그러면 그만큼 전기세가 줄어들겠지? 그걸로 물값을 대신하면 어떨까, 응?"

엄마의 짜증을 눈치챈 팀이 썰렁 개그로 퉁을 치며 슬쩍 넘어가려고 했다. 하지만 감정이 앞선 성숙은 평소처럼 아들에게 피식 웃음을 흘리는 대신 성숙지 못하게도 최후의 카드를 써 버리고 말았다.

"네 맘대로 하려면 이 집에서 나가!"

그 말이 입에서 튀어 나가는 순간 성숙은 마음을 졸였다. 팀이 진짜로 집에서 나가겠다고 하면 어쩌나, 싶어서였다. 아닌 게 아니라 팀이 정색을 하며 대답했다.

"엄마가 정 싫다면……."

아, 우리의 관계가 이렇게 마지막으로 치닫는구나, 싶어 성숙은 자신의 입을 쥐어뜯고 싶었다. 한 남자는 이미 나갔고 이제 팀마저 집에서 나간다면 앞으로 세수를 어떻게 해야 하나, 걱정이 앞서기도 했다.

그녀가 5살이 되던 해에 엄마가 사고로 돌아가셨다. 이후 성숙은 세수할 때마다 두려움에 사로잡혔다. 비누칠을 하느라 눈을 감는 순간 자신의 뒤에 누가 서 있는 것 같았다. 누군가가 옆에서 말을 붙이는 것 같기도, 어디선가 서늘한 바람이 불어 오는 것 같기도 해 세수를 하다 말고 눈을 부릅뜬 채 자꾸만 뒤를, 옆을 돌아보았다. 그러다 벽에 걸린 하얀 수건이 귀신처럼 보여 오줌을 지리기도 했다.

아버지가 그녀의 손을 잡고 의사를 찾아갔다.

"어린 나이에 엄마를 잃은 아이에게 흔히 나타나는 일종의 분리불안 증상입니다. 위험한 상황이 닥친 게 아닌데도 어린 아이는 자신을 지키기 위해 무의식적으로 불안해하지요. 시크릿법칙이라는 게 있습니다. 불안해하면 그게 불안으로 끝나지 않고 실체가 되어 버리는데, 그렇게 되지 않으려면 긍정적인 자기암시를 생활화해야 합니다."

이후 성숙은 아버지가 하라는 대로 했다. '괜찮아. 나는 세수하는 게 안 무서워. 옆에 아버지가 있어'라는 문장을 반복해 되뇌었다. 하지만 '안 무섭다'라는 생각을 하는 순간 오히려 무서움이 상기되었다. 아버지가 걱정할까 봐 괜찮다고, 무섭지 않다고 말했을 뿐 그녀는 어릴 때부터 갱년기에 들어선 지금까지 세수하기가 요즘 아이들 말로 '개'무섭다! 그렇기에! 아들이 집에서 나가면 안 된다!

"엄마가 정 싫다면……."

"……."

아들의 정색한 얼굴을 바라보며 그녀는 마음을 졸였다.

"그렇다면…… 내가 레나네 집에 가서 자도 돼. 레나네 집에는 그런 규칙이 없을 테니까. 아니면 주말에 아빠 집에 가서 자도 되고. 아, 할머니에게 가도 되겠다!"

"……."

성숙은 말없이 가슴을 쓸어내렸다. 짜증에 짜증으로 답하지 않는 아들을 바라보며 아이가 어른보다 낫군, 생각하기도 했다.

"엄마, 레나, 착하고 좋은 애야. 엄마, 생각해 봐. 내가 걔랑 엄마 아빠의 집이 아닌 어디 이상한 곳에서 자면 좋겠어? 차라리 집이 낫잖아? 안 그래? 응?"

"걔가 집에 들락거리면 엄마가 편한 옷을 입고 있지도 못하고, 맘대로 누워 있을 수도 없고…… 엄만 엄마의 자유가 제한되는 게 싫어."

"아, 그래서 싫은 거였어? 엄마, 편한 옷 입고 있어도 돼. 또 누워 있어도 되고. 코를 골며 자고 있어도 우리가 아무런 상관도 하지 않을게."

"엄마가 불편하다고 하면 불편한 거야. 엄마는 뭐 체면도 없는 사람인 줄 알아?"

성숙은 퉁명스레 대꾸했다. 그러며 생각했다. 그래, 아이들은 사실 어른이 추리닝을 입고 있는지, 화장을 하고 있는지 관심도 없지. 쟤 나이 때 내 눈에도 아버지는 바로 내일 죽을 사람처럼 늙고 초라하게만 보였지. 그래, 아이들은 자신들의 문제에 골몰해 있고, 그것만으로도 벅차 하지.

하지만 성숙이 정작 싫은 건 그런 불편함 때문이 아니었다. 또래의 엄마들에게 들었듯 아들과 아들의 여자친구가 자고 있는 옆방에서 혹시라도 침대 삐걱거리는 소리가 들려오지 않을까 싶어 그게 미리부터 싫었다. 독일 엄마들은 낄낄 웃으며 이야기했지만 그녀는 그렇게 할 수 없을 것 같았다.

성숙은 한국에서 제대로 된 성교육을 받아 보지 못했다. 생리를 시작한 지 얼마 지나지 않아 동네 오빠의 자전거에 올라타 그의 허리에 팔을 두르고 동네 몇 바퀴를 돌았는데 그날 이후 성숙은 자신이 혹시 임신한 게 아닐까, 몇 날 며칠을 고민해야 했다. 다음 달에 생리를 한 후에야 안심했다. 그 오빠 생각을 많이 하면 임신할 것 같아, 또 함께 수영장에 가면 임신할 것 같아 노심초사하던 시절이었다. 초등학교 3~4학년 때부터 구체적이고도 실제적인 성교육과 성추행 예방법을 배우는 독일 아이들과 달라도 너무 달랐다.

또한 아들에게 차마 말하지 못했지만 아들의 첫 여자친구가 한국 아이가 아니라는 게 싫었다. 자신이 아들에게 한국 여자의 모범을 보여 주지 못한 게 아닐까, 싶어 자신의 뒤를 돌아보게도 되었다. 하지만 아버지가 한국 남자의 모범을 보이지 않아 자신이 독일 남자를 쫓아 무작정 독일로 날아온

게 아닌 건 분명했다.

성숙은 만감이 교차했다. 문득 남편에게 전화하고 싶어졌다. 미우나 고우나 그는 아들의 아빠였다. 막 사춘기에 들어선 팀이 어느 날 티브이에서 남녀가 키스하는 장면을 뚫어져라 쳐다보며 자신도 누군가와 키스하고 싶다는 말을 했을 때에도 그녀는 얼른 남편에게 전화했다. 질색하는 그녀와 달리 남편은 대수롭지 않다는 듯 아들을 바꿔 달라고 해 한참 동안 수다를 떨었다.

"여자와 키스해 보고 싶다고? 그래, 한창 그럴 나이지. 하지만 팀, 처음부터 여자와 키스하려고 덤비면 안 돼. 여자들이 싫어해. 근데 너, 여친이 있기는 한 거야? 예쁜 여자를 만나 일찍 결혼하는 것도 나쁘지 않아. 아이를 낳으면? 아빠가 키워 줄게! 아이부터 낳고 공부하면 더 열심히 하게 돼 있어. 아빠 주위에서 그런 남자들 많이 봤거든. 그러니까 그런 일이 생기면 아빠한테 꼭 말해야 해, 알았지?"

"아빠, 내가 말을 많이 하지만 모든 걸 다 말하는 건 아니야."

"중요한 일은 꼭 말해야 해!"

"그게 뭔데?"

"아까도 말했지만, 키스할 때나 함께 잠을 잘 때……."

"왜 말해야 하는데?"

"아빠가 꼭 해 줄 말이 있어서 그러지."

"괜찮아. 학교에서 다 배웠어."

"그건 이론이잖아. 실제상황에서 흥분하면 실수할 수도 있어."

"걱정 마. 어른 못지않게 아이들도 임신공포증에 시달려. 극소수를 제외하고는 알아서 잘들 한다고."

"그럼…… 콘돔이 필요할 때 말해. 집에 있으니까. 크크."

"헐."

아들과 그런 대화를 주고받는 남편이라 전화를 해 봤자 이번에도 분명 아이의 의견을 존중해 주라고 할 것이다. 그런 아빠를 믿고 팀도 당당하게 말하지 않았나. 엄마가 정 싫다면 주말에 아빠 집에 가서 레나와 자겠노라고.

"엄마, 레나, 집에 데려와도 되는 거지? 응? 응?"

팀은 카이를 더 많이 닮았다. 키가 크고 이목구비가 뚜렷해 어른스러워 보인다. 키는 작지 않지만 통통하며 이목구비가 뚜렷하지 않아 나이보다 조금 어려 보이는 성숙과 다르다. 그런 생김새와 어울리지 않게 팀이 응석을 부리며 물었다.

"아, 몰라."

"엄마, 오케이한 걸로 알게, 응?"

"아, 진짜 모르겠어."

"엄마, 고마워. 진짜 고마워. 쪽쪽."

"아이, 징그러. 저리 가!"

"엄마, 혹시 우릴 감시하려고 내 방문을 유리창으로 바꿔 놓으면 안 돼, 응? 아니, 그게 번거로워 아예 내 방문을 떼 놔 버리려나? 맞다! 내 방에 시시티브이를 설치해 놓을 수도 있어. 우리 엄마, 엽기! 헤헤."

피식, 웃음이 새 나오려고 해 성숙은 일부러 아들을 째려 보았다. 능글거려 주는 아들이 고맙기도 하고, 자식 이기는 부모 없다는 생각에 자포자기의 심정이 되기도 했다. 성숙은 그날부터 아들을 남자로 인정해 주었다.

성숙은 레나에게 따듯이 대해 주었다. 앞으로 며느리가 될지도 모를 아이였다. 레나가 처음부터 마음에 든 건 아니었다. 팀이 자기 반 아이들의 사진을 보여 주며 레나를 찾아보라고 했을 때 제발 이 애가 아니었으면, 하고 바란 아이가 바로 레나였다. 아이들 모두 카메라 앞에서 환하게 웃는데 레나의 얼굴만 어두웠다.

하지만 실제로 만나 본 레나는 상냥하고 예뻤다. 소심하다 싶을 정도로 상대방의 눈치를 살피기는 했지만 성숙은 배려심이 많은 까닭이라고 생각했다. 레나를 사귄 이후 팀은 담배도 적게 피우고 술도 덜 마시고 파티를 한답시고 외박하는 횟수도 줄어들었다. 일석이조, 독일말로 파리채 하나로 두 마리 파리를 잡은 셈이었다. 서로 방문을 꼭 닫으니 옆방에서 침대 삐꺽거리는 소리가 들리지도 않았다.

하지만 그렇게 사귄 지 2개월 만에 팀이 말했다.

"엄마, 레나가 내게…… 코릅(바구니)을 줬어."

"바구니? 무슨 바구니?"

"바구니가 바구니지 무슨 바구니야!"

"근데 왜 네게 바구니를 줬냐구?"

"주고 싶어서 줬겠지 왜 주기는!"

"글쎄 무슨 바구니냐니까?"

"그냥 바구니라니까!"

나중에 알고 보니 그건 '딱지를 놨다'는 뜻이었다. 그러니까 성숙은 아들과 다음과 같은 말을 주고받은 것이다.

"레나가 딱지를 놨어."

"딱지? 무슨 딱지?"

"딱지가 딱지지 무슨 딱지야!"

"근데 왜 네게 딱지를 놨냐구?"

"놓고 싶어서 놨겠지 왜 놓기는!"

"글쎄 무슨 딱지냐니까?"

"그냥 딱지라니까!"

독일에 오래 살아도 성숙은 아들과 가끔 안드로메다에서 온 사람들처럼 대화했다.

"레나가…… 레나가 말하기를…… 내가 저한테 너무 소홀하대."

팀이 바구니를 받은 이유를 말하며 찔찔 짰다. 현관에서 헤어질 때 둘이 너무나 오랫동안 쪽쪽거리는 바람에 화장실에 가고 싶어도 꾹꾹 참은 게 한두 번이 아니었던 성숙은 속으로 에이 못난 놈, 중얼거렸지만 팔은 안으로 굽는다고, 아들이 혹시 실연의 상처를 극복하지 못해 안 좋은 일을 벌이거나 앞으로 몇 달 후면 고3이 되는데 안 그래도 소홀한 공부를 더 소홀히 하면 어쩌나, 걱정이 앞섰다.

"소홀? 네가 창피한 걸 무릅쓰고 레나에게 생리대까지 사다 줬잖아? 그런데도 소홀했대? 지금에야 말하지만 그때 엄마, 되게 부러웠는데?"

같은 여자로서 성숙은 솔직히 한 남자의 사랑을 듬뿍 받는 레나가 부러웠다.

"이제 엄마한테도 생리대 사다 줄 수 있어, 흑흑. 연습이 돼 창피하지 않아, 흑흑. 근데 갱년기 여자가 생리대를 하고 있는 모습, 엽기야, 흑흑."

찔찔 짜면서도 할 말 다 하는 아들의 모습에 성숙은 적이 안심이 되었다. 다행히 아들은 한 달 정도 눈물을 짜더니 마음을 잡았다. 이후 팀은 두 번째 여자친구를 사귀었고, 금방 헤어졌다. 이번에도 독일 여자아이였고, 그녀에게 또한 바구니를 받았다. 한참 공부에 속도를 내도 모자랄 판에 아주 가관이었다.

"소홀하게 대한다는 말을 들을까 봐 이번에는 하나하나 꼼꼼히 챙겨 줬는데…… 그랬는데…… 나처럼 쫀쫀한 남자는 싫대. 디스코텍에 늘 함께 가 주는 게 지겹대. 흑흑."

팀은 또 며칠 동안 찔찔 짰고, 마음을 잡았고, 고3 막바지인 지금은 싱글로 지낸다. 그렇게 아이들은 사랑을 알아 가고, 사랑하는 법에 익숙해지고, 사랑에 관한 한 약아졌다. 최소한 예전의 그녀처럼 무턱대고 상대를 향해 돌진하지는 않았다. 며느리가 될지도 모를 아이라는 건 그저 성숙의 성숙지 못한 생각 중 하나일 뿐이었다.

변기에 앉아 이런저런 생각에 빠져 있던 성숙은 휴지를 뜯어 닦고 물을 내리며 이제 그 어떤 하드코어 포르노에도 흥분되지 않는 자신에 대해 생각한다. 남편이 방을 구해 나간 이후 안 그래도 부족하던 여자로서의 자신감을 잃었고, 사랑받지 못하는 여자라는 생각에 안 그래도 없던 성욕마저 사라졌다. 한번 사라지자 돌아오지 않았다. 섹스는 청춘의 전유물이 아니라고, 체력에 맞는 규칙적이고도 꾸준한 성생활로 뇌를 자극해야 노화와 치매가 예방된다고, 성생활을 할 수 있는 처지가 아니면 자위라도 열심히 해야 건강하게 산다고 주위의 싱글들이 말하지만 그녀는 남자에게, 섹스에 흥미가 없다. 딱딱하거나 기름진 음식을 먹지 않으면 다시 못 먹게 될뿐더러 혹시라도 먹게 되면 탈이 날까 봐 꺼려하고, 꺼려하다 보면 맛을 느끼지 못하게 되듯 그렇게. 남편 카이를 처음 만났을 때 잔잔한 수면 위에 꽃잎이 떨어지듯 심장이 화르륵 뛰던 때가 까마득하게 느껴진다.

성숙은 이런저런 잡생각을 씻듯 손을 씻는다. 화장실에서 나온다. 아들이 신발장 앞에 서 있다. 그녀는 하품을 하며 묻는다.

"9시뿐이 안 됐는데 아들, 벌써 나가?"

아들의 담배와 술, 파티와 외박, 대마초와 여자친구 등에 익숙해지느라 2년 정도 지난한 세월을 보낸 성숙은 아주 심드렁하게 묻는다. 지난한 세월이 아니라 아주 학을 뗄 정도로 질려 버린 시간이었다. 그나마 또래의 학부모들 덕분에 이제 성숙은 그 정도로나마 심드렁하게 아들을 대할 수 있다. 성숙과 달리 독일에서 태어나 독일에서 청소년기를 보낸 그들은 아이들에 대한 이해가 그녀와 달랐다. 성숙은 그들에게 전화해 가끔 묻곤 했다.

"너네는 대체 아이 걱정을 안 하냐? 왜 나 혼자만 걱정하고 있지? 어젯밤에도 팀, 새벽 4시가 넘어서 들어왔어. 오늘 학교에 가야 하는 애가 말이야."

"뭐, 걱정이 안 되는 건 아니지. 하지만 별거 아니야. 우리도 그랬으니까! 그리고 모르는 모양인데, 어젯밤에 네 아들, 우리 집에 있었어. 저번 주말에도 네 아들, 집에 안 들어갔지? 그때도 우리 집 지하실방 바닥에서 잤어. 새벽에 내려가 봤더니 네 아들을 비롯한 여자 남자 몇 명이 이불도 없이 바닥에 이리저리 누워 갈치잠을 자더라. 술 냄새와 발 냄새를 팍팍 풍기면서 말이야. 크크."

의아해하며, 심지어 분노에 차 그들을 나무라듯 말하면 그들은 성숙에게 차분하게 대답을 해 주었다. 그런 심드렁한 그들의 대답이 솔직히 위안이 돼 주었다. 하지만 답답한 마음이 풀리지는 않아 성숙은 곧바로 남편에게도 전화했다. 또 한 번 비슷한 대답이 돌아왔다.

"그 나이 때 애들, 뻔하지! 팀뿐 아니라 거의 모든 애들이 그러는 거니까 너무 걱정하지 마. 세상 안 무너진다고! 마약을 하거나 범죄를 저지르지만 않으면 돼. 대마초? 그건 마약이 아니야. 졸리고 만사에 나태해질 뿐 그리 해로운 게 아니라고! 차라리 알코올보다 덜 해로울걸? 중독성이 더 강한 마약으로 가는 초기약물이라고들 하지만, 나도 솔직히 거기에 대해 백 퍼센트 아니라고는 말 못 하겠지만, 대부분 아이들은 몇 번 피워 보고 싱거워서 그만둬. 한국 사람들이 생각하는 거랑 많이 다르다고! 다시 한 번 말하지만, 그 나이 때 그 정도는 다들 해 보니까 제발 걱정 말기를…… 또 매일 하는 게 아니라 파티 때나 한번 늘어지고 싶을 때 한 모금씩 나눠 피우는 정도니까 괜찮아. 진짜 괜찮아."

주위의 학부모들이나 남편이 그녀의 성질을 돋우려고 일부러 그렇게 말하는 게 아니라는 걸 알기에 안심이 되었지만 마냥 안심할 수는 없어 성숙은 팀에게 용돈을 일부러 조금만 주었다. 그러면 술이나 담배, 대마초 등을 조금 덜하지 않을까 싶어서였다. 남편이나 시어머니에게도 용돈을 따로 주지 말라고 신신당부를 해 놓았다. 하지만 그녀가 심하게 금하지 않고 그런 우회적인 방법을 이용하는 이유는 따로 있다. 어느 날 팀이 그녀에게, '엄마랑 아빠가 함께 살기 시작하면 그때부터 안 피울 거야, 진짜야'라며 아무렇지도 않은 표정으로 말했는데 그게 그녀의 정곡을 찔렀다.

"엄마, 오버하기는! 8시에 나가려다가 이제 나가는 건데 벌써라니!"

팀이 실실 웃으며 대답한다. 월요일부터 수요일, 그러니까 어젯밤까지 그는 파티에 빠짐없이 참석했다. 그러느라 지쳐 지금까지 몇 시간 동안 늘어지게 잤다. 오늘도 그는 어김없이 파티에 간다. 자신이 있어야 아이들이 신 나 하기에 참석은 필수라는 게 그의 생각이다.

"이제 슬슬 시험 준비 좀 해야 하지 않아?"

성숙은 하품 끝에 맺힌 눈물을 잠옷 소매로 찍어 내며 묻는다. 쓸데없는 줄 알면서도 한국 엄마이기에 묻는다. 네 가지 과목의 본고사를 앞둔 상황에서 며칠 동안 죽어라 놀며 파티의 정점을 찍는 아들이 걱정스럽다.

"실컷 놀아야 공부할 마음이 생기지! 엄마, 다들 노는데 나만 공부하면 공붓벌레라는 소리 들어!"

팀은 공부에 관한 한 지치지 않고 간섭하는 그녀를 구석기 시대 사람 쳐다보듯 한다. 아닌 게 아니라 소파 위에서 깜빡 졸다가 나온 성숙의 머리카락이 평생 샴푸 한 번 안 써 본 구석기시대 사람처럼 위로 삐죽 솟아 있다.

"팀, 놀다 보면 노는 데 익숙해져 공부하고 싶은 마음이 오히려 사라질 수 있어. 지금 말고 시험 다 끝난 다음에 실컷 놀면 되잖아?"

왕따의 의미인 공붓벌레라는 말을 옷에 붙은 송충이처럼 질색하는 아들에게 성숙이 묻는다. 부모의 욕심에 미치지 못할 뿐 제 할 건 알아서 하는 아들이지만 그럼에도 말하지 않을 수 없다. 공부를 하거나 피아노 연습을 하느라 한 번도 당당하게 놀아 본 적이 없는 그녀였다.

"안 돼. 스트레스는 그때그때, 사이사이, 미리미리 노는 것으로 풀어 줘야 해. 크크."

"팀, 오늘도 디스코텍에 가는 거야?"

"응. 체허(Zeche)에."

"체허? 광산에?"

"광산이 디스코텍으로 바뀐 지 오래야. 그것에 대한 찬반 의견이 있지만 난 폐허가 되느니 유용하게 쓰이는 게 낫다는 생각이야. 어떤 교회도 신자가 줄어 지금 디스코텍이 되었대."

팀은 오늘도 8시쯤 친구 집에 모여 이런저런 술을 진탕 마신 다음 디스코텍에 가기로 했다. 디스코텍에서 파는 술이 비싸기 때문이다. 하지만 잠을 자다 조금 늦었기에 서둘러 신발을 신는다.

"광부들이 땀 흘려 일하던 곳에서 이제 너희들이 땀 흘리며 신 나게 노는구나?"

"엄마, 암스테르담의 어느 교회는 창녀촌이 되었대. 좀 극단적이지만, 어때서? 어떤 사람에게는 교회에 가는 대신 창녀랑 섹스 한 번 하는 게 더 숨통 트이는 일일 수 있어."

"팀, 비약이 심해!"

비약이라는 독일어가 생각나지 않아 성숙은 한국말을 쓴다. 아들과 말이 통하려고 나름 열심히 한국어를 가르쳤지만 아뿔싸!

"비약? 3년 전에 엄마랑 한국에 갔을 때 할아버지랑 화투 치면서 많이 하던 거잖아? 엄마, 왜 문맥에 안 맞는 말을 해?"

"그 비약 말고…… 아, 어떻게 설명하지?"

"아무튼, 예전의 광산이 디스코텍이나 유치원, 박물관으로도 바뀌었어. 그곳에서 결혼식이나 애들 생일파티가 열리기도 해."

"맞아. 근데 아들아, 디스코텍에서 블루스도 춰?"

"블루스? 그게 뭔데?"

"느린 음악이 나오면 서로 껴안고 추는 춤."

"오늘 가는 데에선 빠른 곡만 틀어 준다고 했어. 독일 차트 100곡 중에 골라서. 왜? 내가 누구를 껴안고 블루스 출까봐 걱정돼?"

"흐흐. 걱정되고말고. 우리 팀이 누구냐, 세상에서 최고로 멋진 남자 아니냐? 그래서 엄마는 항상 걱정이 돼."

세상에서 최고로 멋진 남자, 그래서 항상 걱정이 되는 남자, 미안하지만 이 말을 엄마가 아니라 레나가 해 줬다면 얼마나 좋을까, 생각하며 팀은 문을 연다. 갈게, 말하며 성숙의 볼에 짧게 키스한다. 문 꼭 닫고 자야 해, 알았지? 당부의 말을 덧붙인다.

"응, 재밌게 놀다 와."

"이히 리베 디히, 마마."

"이히 리베 디히 아우흐(나도 사랑해), 팀!"

성숙은 발꿈치를 들고 아들을 껴안는다. 발꿈치를 들지 않으면 아들의 허리를 껴안게 되기 때문이다. 성숙은 아들의 등을 몇 번 토닥거린다. 팀도 따라 엄마의 등을 토닥인다.

띠다띠다, 끼이익, 헉헉…… 앞부분과 비슷한 장면이 되풀이되나 보다. 성숙은 수사극을 마저 보기 위해 거실로 들어간다. '비약'이라는 단어와 함께 예전 생각이 떠올라 피식 웃는다. 자신이 청소하다 말고 바닥에 주저앉아 '아이고 힘들어'라고 말하자 아들은 의아한 표정으로 물었다.

"엄마, 힘을 어떻게 들어? 응?"

다음 가로등까지 함께 가 볼래?

팀은 버스에서 내린다. 주유소가 보인다. 노란색의 커다란 조개가 그려진 아크릴 판에 불이 환하게 들어와 있다. 팀은 부슬부슬 내리는 비를 맞으며 걷는다. 조금 늦었지만 친구네 집에 가서 술을 진탕 마신 다음 디스코텍에 갈까, 생각하다 그냥 이곳으로 와 버렸다. 아닌 게 아니라 왜 아직 안 오냐는 친구들의 문자가 빗발친다. 레나의 문자만 없다.

팀은 주유소에 들어가 맥주 한 캔을 산다. 인적이 드문 창밖을 내다보며 한 모금 마신다. 9시 30분, 서머타임이 시작된 지 얼마 지나지 않은 4월 초라 밖이 이미 어둡다. 노란색의 커다란 조개가 먼바다의 어두운 모래 속이 아닌 주유소의 아크릴 판에 붙박여 환하지만 파리한 빛을 발하고 있다. 레나를 닮았다.

팀은 레나를 2년 전에 교정에서 처음 보았다. 금발에 하얀 피부, 파란 눈을 한 예쁜 아이가 벤치에 앉아 교정을 오가며 떠드는 아이들과 하얀 구름이 동동 떠가는 하늘을 번갈아 가며 쳐다보고 있었다. 다른 학교에서 막 전학 온 터라 친구가 없어서였겠지만 그렇다 치더라도 표정이 많이 어두워 보였다. 그 모습이 어쩐지 눈에 익어 팀은 자꾸 힐끔거렸다. 그러다 레나와 눈길이 마주치면 얼른 고개를 떨어뜨렸다.

팀은 그날 집에 도착할 때까지도 계속 레나 생각을 했다. 어디서 보았을까, 곰곰 생각하다 집에서 엄마의 얼굴을 보는 순간 알 수 있었다. 레나와 전혀 다르게 생겼지만 너무나 닮은 여자, 바로 엄마였다. 환한 조명 아래 멋진 드레스를 입고 피아노를 연주하던 엄마가 어느 날 후줄근한 티셔츠를 입은 채 밥을 먹다 말고 창문을 내다보며 훌쩍훌쩍 울던 오래전 모습이 조금 아까 레나의 모습과 겹쳐진 것이다.

"엄마, 왜 울어?"

창문 밖에 아무것도 없는데 뭘 보고 우는 걸까, 의아해하며 팀은 창밖을 두리번거렸다.

"……."

"엄마, 혹시 밥이 먹기 싫어서 그래? 그럼 남겨. 내가 혼내지 않을 테니까, 응?"

팀은 금방이라도 따라 울듯 입을 삐죽거리며 말했다.

"팀, 미안. 갑자기 한국에 혼자 계신 할아버지 생각이 나서 그랬어. 엄마가 피아노 연습할 때 시간이 없어서 너랑 안 놀아 주면 네가 징징거렸지? 바로 그런 거야."

"할아버지가 엄마랑 놀아 줄 시간이 없대?"

팀의 엉뚱한 질문에 성숙은 피식 웃음을 날리며 얼른 눈물을 닦았다.

"그게 아니라, 할아버지가 보고 싶은데 갈 수가 없어서 그러지. 모아 놓은 돈이 없어서 비행기를 탈 수가 없어. 할 수 없지. 이제부터라도 열심히 레슨해서 돈을 모으는 수밖에."

팀에게 아버지 핑계를 댔지만 사실 성숙은 그날 남편과 약속을 한 터였다. 팀이 조금 더 클 때까지 헤어지지 말자고, 쇼윈도 부부로나마 계속 한집에서 살자고. 팀이 그려 놓은 그림을 본 날이었다. '내가 지금 가장 원하는 것'이라는 테마로 유치원에서 아이들에게 그림을 그리라고 했는데 팀이 더블 침대 위에 엄마와 아빠가 나란히 누워서 자는 모습을 그려 놓았다. 그때까지 성숙은 팀의 방에서 자거나 거실에서 혼자 자곤 했는데 그녀와 카이가 지각하지 못하는 사이 팀은 부부 사이에 맴도는 싸늘한 기운을 온몸으로 느끼며 자라고 있었던 모양이었다.

그날 이후 성숙과 카이는 팀이 보는 앞에서 일부러 한침대에서 자기도 했다. 사랑 없이 잠자리를 해 임신을 하고, 사랑 없이 결혼하고, 사랑 없이 아이를 낳아 키우다 보니 사랑 없이 한침대에서 자는 게 그다지 불편하지 않았다.

"엄마, 나, 방금 결심했는데…… 나, 커서 파일럿이 될래. 파일럿이 돼 엄마가 할아버지 보고 싶어 할 때마다 내 비행기에 태워 데려다 줄래. 자, 약속! 어때, 좋지? 기분 좋지? 응?"

팀은 까마득하게 느껴지는 엄마와의 약속을 떠올린다. 그때 엄마가 숨이 막힐 정도로 꼭 안아 주었지, 생각한다.

지금까지 팀의 엄마에 대한 마음속 기록은 이렇다.

예뻐 — 그런데 잘 울어 — 엄마 가까이에 다가가면 햇볕에 바짝 말린 이불 냄새가 나 — 엄마가 안아 주면 자꾸만 졸려 — 두두두두 천둥소리 같은 아빠의 방귀와 달리 엄마는 눈이 내리듯 송송송 거의 안 들리게 방귀를 꿔어 — 독일이 춥고 어둡고 비가 많이 온다며 엄마는 항상 한국에 가고 싶어 해 — 내가 매워서 싫어하는 김치를 잘 먹고, 내가 쫄깃쫄깃해서 싫어하는 찹쌀떡을 엄마는 좋아해 — 아빠와 자주 다퉈, 그리고 울어 — 확실한 모국어가 생길 때까지 기다렸다가 한글학교에 보내라는 아빠의 말을 듣지 않고 어느 날 엄마가 날 한글학교에 데리고 갔어 — 엄마는 내가 한글 학교에 결석하지 않기를 원하고, 숙제를 꼬박꼬박 하기를 원하고, 콩 한 쪽도 나눠 먹는 한국인의 정서를 배우기를 원하고, 내가 또렷한 발음으로 한국어를 잘하게 하기 위해 항상 내 발음을 교정해 줘 — 5학년이 되자 엄마가 나보다 작아졌어 — 공부를 안 하면 한국 할아버지에게 보내 버리 겠다고 가끔 협박하는데 그건 협박이 아니야. 어느 여름방 학에 일주일 정도 한국에서 학교에 다녔는데 그때 아이들 과 물놀이도 하고 닭장에서 달걀도 주워 오고 강아지에게 밥도 주고 너무나 재밌었어. 그래서 은근히 엄마가 날 한국 에 보내 주기를 바라고 있어. 가게 되면 5학년까지 함께 독 일 학교에 다니다가, 공부를 마친 아빠를 따라 한국에 들 어간 민성이와 만나서 놀이동산에도 가고 짜장면도 먹을 거야 — 몸집은 작지만 '공부해'라는 말을 할 때면 엄마의 목 소리는 세상에서 가장 커져 — 엄마가 가끔 망막으로만이 아닌 마음으로 나를 바라봐 줘서 참 좋아 — 엄마가 웃으면 어둑어둑해진 골목길이 더 이상 어둡지 않고, 엄마가 울면 해가 비치는 환한 대낮도 밤처럼 깜깜하게 느껴져 — 나랑 싸우다가도 엄마는 곧바로 나를 안아 줘, 그래서 나는 진

정으로 강한 게 무엇인지 잘 알게 되었어. 엄마가 나에게 하
듯 아빠에게도 해 주면 얼마나 좋을까…….

하지만 이제 팀의 목표는 파일럿이 아니다. 11학년과 12학
년, 그 2년간의 내신과 예비시험 점수를 합해 200점을 넘기는
게 지금의 목표다. 그래야 본고사(아비투어, 독일의 대입 시험)를
볼 수 있기 때문이다. 성적 발표는 내일 아침에 있다.

'턱걸이로라도 통과하면 좋겠어'라고 팀은 생각한다. 엄마
말대로 조금만, 아주 조금만 더 열심히 공부할 것을, 싶은 생
각이 들기도 한다. 자신은 지금까지 최소한의 노력으로 최소
한의 성과만을 얻었다.

"팀, 처음으로 5점을(수우미양가 중의 가) 맞았다구? 와우,
축하해! 자랑스러워! 너, 아빠의 옛날 성적표 봤지? 아빠보
다 지금 너, 훨씬 잘하고 있어. 기분인데 우리, 파티할까? 아
빠가 한턱 낼게. 킹사이즈 햄버거 어때? 괜찮아. 공부는 마음
만 먹으면 누구나 언제든 할 수 있지만 착하고 좋은 심성은
아무나 가질 수 없어. 팀, 너는 세상에서 가장 센 경쟁력을 천
부적으로 타고난 거야. 우리 아들 최고!"

아빠는 엄마가 질색하는 소리만 골라서 했다. '경쟁력은
무슨, 애가 속이 없는 거지'라고 엄마가 어깃장을 놓으면 아

빠가 질세라 엄마의 말을 바로잡았다. 속 없는 사람이 어딨어! 속에 저마다 다른 게 들어 있는 거지!

그런 아빠의 말을 믿고 자신이 너무 자만했던 건 아닐까? 운이 좋아 내일 예비시험을 통과하고 본고사까지 무사히 마친다 하더라도 대학에 가고 사회에 나가서까지 자신은 지금처럼 최소한의 노력으로 최소한의 성과만 얻으며 겨우겨우 살아가지 않을까? 그런 생각이 들자 팀의 마음이 무거워진다. 문득 한국에서 고3을 보내고 있는 친구, 민성이 생각이 난다. 민성이랑은 아직 페이스북으로 연락을 하며 지낸다. 11월에 있는 수능시험을 앞두고 그는 스트레스 만땅이라고, 조용하고 자유로운 독일이 그립다고 페북에 적어 놓았다. 그래, 마음이 무겁겠지, 독일과 달리 한국은 밤낮없이 공부만 한다고 들었으니까, 팀은 생각한다. 지금 둘은 서로가 서로를 위로해 주고 있다.

팀은 민성이를 생각하면 아직도 짠한 마음이 든다. 민성이는 팀과 함께 4살 때부터 한글학교에 같이 다녔고 초등학교 1학년부터 5학년까지 같은 학교에 다녔다. 그러다 아빠를 따라 한국으로 들어갔다. 한국에 들어가기 얼마 전에 민성이는 한국에서 나고 자란 아이들과 비교해 자신의 한국말이 부족하다는 걸 잘 알기에 겁을 집어먹고는 어떻게 해야 자신이 한국에 들어가지 않을까에 대한 고민을 팀에게 털어놓았다. 곰곰 생각하던 팀이 부모님의 여권을 감추는 게 어떻겠냐는 의견을 냈는데 민성이는 한술 더 떠 여권을 쓰레기통에 버려버렸다. 집안에서는 난리가 났고, 비행기표를 물렸고, 여권을 재발급받으려고 부모가 기차를 타고 대사관으로 내려갔고……. 얼마 뒤 민성이는 결국 한국으로 들어가야 했다. 처음에는 조금 힘들어했지만 이제 그는 한국 학교에 잘 적응해 매번 좋은 점수를 딴다고 한다.

민성이가 떠나고 하루아침에 단짝을 잃어버린 팀은 의기소침하게 하루하루를 지냈다. 하지만 사람에게는 슬프고 아픈 기억을 잊으려는 습성이 있듯 팀도 얼마 지나지 않아 민성이에 대한 많은 걸 잊어 갔다. 그러던 어느 날 엄마가 정리하려고 꺼내놓은 서류들 속에서 예전에 엄마가 한글학교 교지에 기고해 놓은 글을 읽는 순간 옛 기억이 또렷이 살아나며 마음이 찡해졌다. 제목은 '한글학교 가는 길'이었다.

'피곤해, 집에서 쉬었음 딱 좋겠어'라는 말이 10살짜리 아들의 얼굴에 금지된 낙서처럼 쓰여 있다. 볕 좋은 나른한 오후, 왜 안 그럴까. 하지만 난 은근한 강요를 한다. 왜? 나는 한국 사람이니까. 고향을 떠나온 사람들의 마음속에

깃든 고향에의 그리움, 그 그리움이 나와 아들을 한글학교
로 향하게 하는 거니까.

은근한 강요를 당한 아들이 고맙게도 검은 머리와 검은
눈동자의 친구들을 일주일 만에 만나기 위해 읽기와 쓰기
책이 든 가방을 어깨에 멘다. 가장 친한 친구, 민성이가 한
국에 들어가고 처음으로 한글학교에 가는 것이라 아들은
한껏 의기소침해 있다. 하지만 다른 친구들이 있기에 아들
의 발걸음이 그렇게 무겁지만은 않다.

아들은 길을 걸으며 도토리를 줍고, 그사이에 누군가
다 따 가 버린 사과나무를 아쉬운 표정으로 올려다본다.
그러다 민성이가 살던 집으로 아들은 시선을 옮긴다. 처음
에는 애써 처다보지 않으려고 하더니 어느 순간부터는 목
을 길게 뺀 채 골목길을 다 빠져나올 때까지 넘겨다본다.
일주일 전만 해도 그 집의 문이 어느 순간 벌컥 열리며 안
녕, 안녕하세요, 하며 민성이가 톡 튀어나와 아이들은 서로
가 서로를 쫓으며 우루루 한글학교로 뛰어갔다.

나는 아들의 손을 잡는다. 배고파도 이상해, 배불러도
이상해, 열이 나도 이상해, 어딘가 가려워도 이상해 등 어
느 순간부터 '이상해'라는 단어 하나로 자신의 모든 증상
을 호소하던 아들이 제 검지로 정확히 심장을 짚으며 울먹

울먹 말한다.

"엄마, 나, 이상해. 여기가, 여기가, 너무 이상해."

나는 모른 척, 딴청을 피운다.

"와, 그새 단풍이 많이 들었네…… 올해는 여름이 오지
도 않았는데 벌써 가 버렸나 보네……."

아들도 아들이지만 나도 민성이 엄마가 보고 싶기에 엉
뚱한 소리를 한다. 나와 민성이 엄마는 아이들의 소란스러
움에 질세라 요란한 수다를 떨며 한글학교로 걸어갔었다.

하지만 괜찮다. 아들의 손을 잡고 한국말을 하며 잠시 고
향에 다니러 가듯 한글학교에 가고 있어 마음이 뿌듯하다.

한글학교 가는 길. 4살이었던 아들이 10살이 된 지금까
지 만 7년 동안 걸었다. 18살이 되어 아들이 졸업을 할 때
까지 8년을 더 걸어야 할 길이다. 손자 손녀까지 생각한
다면 앞으로 20년, 30년은 족히 더 걸어야 할 길이기도 하
다. 그 길에 고향에서처럼 코스모스가 한들거리지 않아도,
파란 하늘에 빨간 고추잠자리가 날아다니지 않아도 난 지
금처럼 뿌듯할 것이다. 행복할 것이다.

10시 30분, 밖이 이제 완전히 어둡다. 노란 조개가 어둠
속에서 더욱 환하게, 더욱 파리하게 빛난다. 다시 레나 생각

이 난다. '젖고 마르고, 젖고 마르는 바다의 가장자리 같은 상처가 가장 아프다'라는 어떤 말처럼 첫사랑 레나를 향한 팀의 마음은 항상 젖고 마르고, 젖고 마른다. 아프다.

주유소에서 나온다. 비가 부슬부슬 내리는 어두운 거리를 한참 동안 걷는다. 자신의 반경 안에 들어온 어둠을 한 겹 벗겨 놓은 가로등 저 앞으로 디스코텍이 보인다. 석탄을 나르기 위해 놓였던 철로와 검은 연기가 솟던 굴뚝, 저녁 10시에 광부들이 출근도장을 찍던 광산이 아니라 디스코텍으로 가기 위해 아이들이 삼삼오오 짝을 지어 걸어오고 있다. 젤을 발라 머리를 세우고 손에 맥주병을 든 남자아이들과 높은 구두를 신고 짧은 치마를 입은 여자아이들이 입에 담배를 물었다. 벌써 취했는지 가로등 저쪽 구석에서는 여자아이가 남자아이의 가슴을 툭툭 치며 깔깔거린다. 레나는 보이지 않는다.

팀은 조금 더 걷는다. 길 건너편에 서서 2층짜리 디스코텍 건물을 바라본다. 한껏 오른쪽으로 기운 'Zeche'라는 흘림체 글자가 전광판 위에서 분홍빛으로 빛난다. 레나를 향한 자신의 마음처럼 보인다. 팀은 디스코텍의 입구를 살핀다. 남자아이와 여자아이들이 반반쯤 섞여 입장 순서를 기다리고 있다. 거기에도 레나는 보이지 않는다. 11학년부터 12학년 말인 지금까지 레나에 대한 팀의 마음속 기록은 이렇다.

예쁘다 — 근데 슬퍼 보여 — 역시 예뻐 — 근데 계속 슬퍼 보여 — 어, 웃네? 내 말에 대답을 해 주네? 친절하네? — 아니었어, 착각이었어, 오늘 나를 단 한 번도 쳐다보지 않았어 — 예뻐, 사귀고 싶어 — 내가 싫은가? 내가 무서운가? 왜 가까이 다가오지 않지? 왜 경계하는 거지? — 관두자, 그냥 대답 한번 해 준 걸 거야, 그냥 한번 웃어 준 걸 거야 — 아, 그녀도 나를 좋아하고 있었어. 오늘 웃으며 내 눈을 한참 동안 들여다보았어 — 내가 뭘 잘못했지? 왜 알은체를 않지? — 아, 그녀가 나를 좋아해. 행복해 — 저번에는 손을 잡을 때 가만있더니 이번에는 왜 피하지? 내가 뭘 잘못한 거지? — 오늘 레나와 키스했어. 황홀했어 — 저번에는 가만있더니 왜 이번에는 키스를 피하지? 왜 이렇게 날 애타게 하는 거지? — 뭐, 소홀? 어떻게 문자로 헤어지자는 말을 하지? 내가 사람을 잘못 봤나? — 6주 동안 레나가 보이지 않아. 잘 지내고 있는지 걱정이 돼. 보고 싶어. 하지만 섭섭해. 어쩜 연락 한 번 없을까? — 그녀가 다시 학교에 나왔어. 얼굴이 그리 어둡지 않아. 멀리서 나를 보며 웃었어. 반갑지만 반가운 만큼 미안해. 난 어쩜 그새를 못 참고 아주 잠깐이지만 다른 여자친구를 사귀었을까! — 예뻐. 근데 슬퍼 보여. 다시 사귀고 싶어. 키스하고 싶어…….

쿵쾅쿵쾅, 지하 천 미터로 광부들을 실어 나르기 위해 초고속 하강하던 대형 승강기의 굉음 못지않게 시끄러운 음악이 건물에서 흘러나온다. 팀은 현관문 앞 공터를 지난다. 아이들이 여기저기 모여 담배연기를 뿜어 댄다. 채탄 시 날아들던 석탄먼지가 이랬을까. 팀은 문을 열고 디스코텍으로 들어간다. 열정적으로 몸을 흔들어 대는 그곳의 열기가 40도를 넘나들던 막장의 지열 못지않다. 오늘 분명히 온다고 했는데 레나는 아직 보이지 않는다.

레나의 생일 다음 날 팀은 문자로 이별통보를 받았다. '내게 소홀한 게 마음에 들지 않아. 우리 헤어지자.' 그 문자를 보낸 이후 레나는 6주 정도 학교에 나오지 않았다. 왜 그랬을까?

레나의 생일날 팀은 레나를 깜짝 놀라게 해 주려고 그녀가 평소에 갖고 싶어 하던 향수와 작은 케이크를 사서 레나네 집으로 찾아갔다. 그날 레나는 팀 앞에서 한 시간 정도 울었다. 그냥 울기만 했다. 뭐가 어떻게 된 상황인지 알 수 없어 팀은 위로하다가, 미안하다고 말했다가, 안아 주고 키스해 주다가, 안절부절못했다. 그러다 영문도 모른 채 집으로 돌아와야 했다.

이별통보 이후 레나는 팀의 전화를 받지 않았다. 집에 찾아

갔지만 아무도 없었다. 레나네 엄마가 집에 있을 때도 레나를 만나게 해 주지 않았다. 예쁜 얼굴로 가려지지 않는 어두움의 실체를 알 수 없어 팀은 답답하기 이루 말할 수 없었다.

Nossa, nossa

(세상에, 세상에)

Assim você me mata

(너, 정말 죽여)

Ai, se eu te pego

(너랑 사귈 수 있다면)

Ai, ai, se eu te pego

(내가, 내가 너랑 사귈 수 있다면)

축구선수 호날두가 골을 넣은 직후 그 기쁨을 이기지 못해 미셸 텔로라는 가수의 춤을 즉흥적으로 흉내 내는 바람에 한 층 유명해진 노래가 디스코텍에 울려 퍼진다. 왼팔을 앞으로 내민 다음 오른팔을 앞으로 내밀고, 앞으로 내민 왼팔을 가슴 쪽으로 끌어당긴 다음 오른팔 또한 가슴 쪽으로 끌어당기고, 끌어당긴 두 팔의 팔꿈치에 힘을 준 다음 뒤쪽으로 밀고…… 흥겨운 리듬에 맞춰 호날두와 똑같은 모션을 취하며 포르투갈어로 된 노래를 목이 터져라 따라 부른다.

We are gonna dance into the sea

(우리는 바다에 뛰어들어 춤을 추고)

All I want is you, you're ma chérie

(내가 원하는 건 너, 오, 내 사랑!)

Never seen a girl that's so jolie

(너처럼 예쁜 여자는 본 적이 없어)

All I want is you, you're ma chérie

(내가 원하는 건 너, 오, 내 사랑!)

Ma chérie, oh oh oh……

(오, 내 사랑! 오 오 오……)

다음 노래가 쿵쾅쿵쾅 흘러나온다. 날씨가 좋으면 아이
들은 숲 속이나 한적한 주차장에 모여, 또 오늘처럼 비가 부
슬부슬 오는 날이면 누군가의 집에 모여 한차례 술을 마시고
디스코텍에 왔는데 오늘도 어김없이 그랬기에 친구들은 얼근
하게 취한 상태로 눈을 게슴츠레하게 뜬 채 여자아이들을 흘
끔거리며 춤춘다. 지저분하고 냄새나고 게으른 남자아이들
이 필요 이상 자주 디스코텍에 와 여자아이들을 흘끔대지만

통탄스럽게도 대부분 제 것으로 만들지 못한다.

그들은 오늘도 술을 마시며 대마초가 들어간 담배를 한 모금씩 나눠 폈을 것이다. 1그램에 10유로쯤 하는 대마초를 잎담배 속에 넣어 가늘게 말아 봤자 세 대 정도밖에 나오지 않는다. 그렇기에 누군가 그 대마초담배를 조금 깊이 빨면 '멍청이'라는 욕을 들으며 머리를 쥐어박힌다. 대마초는 1그램이라도 몸에 지니면 법에 저촉되기에 아이들은 집에서 말아서 가지고 다니는데, 그들 사이에도 규칙은 있어 대마초를 피운 다음에는 운전을 하지 않는다. 경찰에게 걸리면 사회봉사 활동을 해야 하기 때문이다. 물론 졸린 상태가 싫다며 안 피우는 아이들도 있고, 한 모금 들이마시고는 캑캑거리다가 토하기까지 해 다시는 피우지 않는 아이들도 있지만 담배를 피우는 아이들의 절반 이상은 경직된 심신이 풀어지는 나른함과 금지된 그 무엇인가를 하고 있다는 다소 굴절된 뿌듯함을 느끼기 위해 가끔 피운다. 지금 눈이 충혈된 채 춤추고 있는 아이들은 그 담배를 피운 아이들이다.

성적은 좀 떨어지지만 자칭 인간성이 좋은 그 아이들은 학교 휴식 시간에도 가끔 착하고 모범적인 아이들 몇몇이 엄마가 싸 준 빵을 먹으며 시험에 대한 이야기를 나누는 동안 주차장 근처의 숲에 모여 대마초담배가 일반 담배보다 더 해롭지 않다는 '설'을 강력하게 지지하며 한 모금씩 빨기도 한다. 그러면 온몸으로 나른한 기운이 퍼져 시험 걱정과 여자친구 없는 쓸쓸함, 세상사 이러저러한 어려움이 사라지는 동시에 피곤이 몰려온다. 공부하느라 쌓인 피곤이 아니라 전날 늦게까지 채팅을 하거나 게임을 하느라 쌓인 피곤이다. 그들은 그 순간을 만끽하며 두 팔을 위로 뻗어 한껏 기지개를 켜고 하품을 해 댄다. 덩달아 나른해진 나무들도 나뭇가지를 한껏 위로 뻗으며 늘어지게 기지개를 켜고 있는 듯 보인다.

수업에 들어간 그들은 연신 하품을 해 대며 존다. 그러다 선생님에게 종종 지적을 받는다. 게슴츠레하게 눈을 뜬 그들은 감기 기운이 있어서요, 또는 전날 숙제를 하느라 늦게 자서요, 라는 등 씨알도 먹히지 않는 거짓말을 해 댄다. 잠결에 혀가 꼬부라져 감기기운을 잠지기운이라고 해 웃음을 사기도 한다.

그들 대부분은 교실 뒤쪽에 앉아 있다. 가물에 콩 나듯 혹시라도 그들이 졸지 않을 때 선생님이 질문을 하면 그들은 앞에 앉은 모범생 남자아이나 대부분의 여자아이들처럼 똘망똘망한 눈으로 소리 없이 검지를 치켜들며 발표의사를 보이는 대신 선생님과 혹시라도 눈이 마주칠까 두려워 머리를 일제히 옆에 놓아 둔 책가방 아래로 잠수시킨다. 그 아래 넓은 바다가 펼쳐져 있기라도 하듯 숙련된 솜씨로 잠수하는 전문 잠수사들끼리 눈이 마주치면 눈물이 나올 정도로 낄낄댄다. 필기와 발표 점수가 반반 적용되기에 수업에 적극 참여하지 않는 그들의 성적은 매번 그리 좋지 않다.

팀은 그들과 똑같이 춤추며 노래를 따라 부른다. 여자아이들을 흘끔대며 실실거리기도 한다. 그러는 와중에 내일 아침에 있을 성적 발표를 걱정한다. 통과될까? 혹시 1점이 모자란다면? 그러다 그런 자신에게 즉시 통박을 준다. 에이 뭐야, 왜 여기까지 와서 이런 걱정이야? 음악이 왜 있는 건데? 리듬에 맞춰 신 나게 춤추라고 있는 거잖아?

아, 레나! 이런저런 생각을 하면서도 계속 눈으로 레나를 찾던 팀은 드디어 레나를 발견한다. 레나의 곁으로 다가간다. 디스코텍에 자주 가지만 몸치인 팀은 사실 모두가 하는 대로 따라 하는 것조차 버겁다. 남들의 눈에 그는 튀어 보이고 싶어 일부러 박자를 맞추지 않는 것처럼 보인다.

팀과 눈이 마주치자 레나가 살짝 웃는다. 레나가 웃자 팀은 흥겨워진다. 홀에 아이들이 꽉 차 조금만 모션을 크게 해도 옆사람과 몸이 닿는다. 그게 좋다. 팀은 레나와 팔이 닿을 때마다 활짝 웃는다. 박자에 맞춰 몸을 움직일 때마다 따라서 출렁거리는 레나의 가슴 또한 팀은 놓치지 않는다.

Get fresh gotta stay fly

(새롭게 계속 날아 보자)

Get the jet I gotta stay high

(제트를 타고 끝없이 높은 곳으로)

High up like a la la la

(아주 높은 곳에서 노래하듯 라라라)

Ain't nothin here that ma money can't buy……

(지금 내가 가지지 못할 것은 없어……)

다시금 최대한의 볼륨으로 틀어진 노래가 그의 귓속을 파고든다. 디스코텍에 와 있다는 걸 팀은 그렇듯 불연속적으로 깨닫는다. 내일 성적 발표를 앞둔 아이들 대부분이 그렇지 않을까? 팀은 생각한다.

하지만 책을 읽으며 '내가 책을 읽는구나, 영화를 보며 내가 영화를 보는구나'라는 생각이 든다면 그 책과 영화는 독자와 관객의 몰입을 끌어 내지 못한 실패작이다. 디스코텍에 온 게 실패가 되지 않도록 이제부터라도 몰입하자, 생각하며 팀은 레나와 눈을 맞춘다.

레나는 자신과 자꾸 눈을 맞추는 팀이 부담스럽다. 레나는 어릴 적부터 누군가와 눈 맞추는 게 힘들었다. 하지만 그럴수록 의식적으로 눈 맞추는 연습을 하고는 했다. 슈퍼마켓에서 점원과 일부러 눈을 맞추며 할로, 고마워요, 안녕 같은 짧은 인사를 나누었다. 학교에서 친구들과 눈을 맞추며 그들의 자질구레하고도 유치한 이야기를 들어 주었다. 최소한 먼저 눈길을 피하지 않았다. 그러다 보니 눈길을 언제 거두어야 자연스러울지도 알 수 있게 되었다. '어떻게 하면 자신감을 얻을 수 있을까요'라고 인터넷에 적어 놓았더니 누군가 그렇게 하는 게 좋을 것 같다는 리플을 달아 주어 그대로 실천한 것이었다. 의식적으로, 또한 일부러. 덕분에 레나에게도 친한 친구 몇 명이 생겼다.

레나는 자신이 의식적으로, 일부러 행동하지 않는 순간이 두렵다. 팀과 있을 때 레나는 자주 방심한다. 그래서 수다를 나누지 않고, 눈길을 피한다. 팀은 레나에 관한 한 절대 소홀하지 않다. 그래서 부담스럽다. 부담을 주는 것은 레나의 진정한 마음을 몰라 주는 것이고, 그것이야말로 소홀함에 다름 아니기에 레나는 '나에 대한 관리가 소홀한 게 마음에 들지 않아. 우리, 헤어지자'라는 반어적인 문자로 팀에게 이별을 통보했다.

레나는 팀의 움직임을 따라 일부러 엇박자로 춤을 춘다. 팀이 그녀에게 엄지를 추켜올린다.

"네 금발에 불빛이 쏟아지니까 굉장해. 참 예뻐."

음악 소리 때문에 들리지 않을 것 같아 팀은 그녀의 귀에 입술을 바짝 대고 말한다. 귓불을 간질이는 입김에 레나는 목을 움츠린다. 싫지 않다. 팀의 남다른 관심이 부담스러웠지만 사귀는 내내 싫지 않았듯이. 싫기는커녕 감당할 수 없을 정도로 고마웠듯이.

"예쁘다고 해 줘서 고마워. 춤 못 춘다고 네가 홀 저편에 서서 멀거니 쳐다보고만 있지 않아서 또한 고마워."

레나가 손가락으로 팀의 팔을 살짝 찌르며 말한다. 팀이 하는 대로 고개를 까닥이고, 무릎을 구부렸다 펴고, 엉덩이를 가끔 실룩거린다. 돈 내고 들어왔다고 남 생각 같은 건 전혀 하지 않고 허리 관절이 튀어나올 정도로 격하게 춤추는 사람처럼 보인다. 그런 춤에 딱 맞는 음악을 레나가 직접 골라서 틀어 놓은 듯 비트가 강한 음악이 나온다. 그러는 레나의 표정이 부드럽다. 음악은 경직이라는 이름의 딱딱한 근육을 풀어 주는 마사지 기구일까, 팀은 생각한다. 엄마 또한 피아노를 연주할 때 가장 부드러운 표정을 짓지 않나.

"맥주 한잔, 어때?"

그때까지 팀을 따라 하느라 음악에 상관없이 두 다리를 번갈아 올렸다 내렸다 반복하는 레나의 허리를 찌르며 팀이 묻는다. 좋아, 레나가 대답한다.

바에 가서 맥주를 두 잔 주문해 기다리는 동안 팀은 친구들과 함께 계속 춤추고 있는 레나를 바라본다. 그들은 가위바위보를 한 다음 진 아이를 중앙으로 민다. 중앙으로 나간 아이가 고릴라 춤을 춘다. 입을 앞으로 쭉 내민 다음 우— 우—우—우— 소리를 지르며 두 손으로 쿵쾅쿵쾅 가슴을 친다. 까르르르르, 춤을 추는 아이나 바라보는 아이들이나 자지러지게 웃는다.

다른 한쪽에서는 '광산' 디스코텍의 음악이 마음에 들지 않지만 친구를 따라 할 수 없이 온 몇몇 아이들이 작은 그룹을 만들어 귀에 엠피스리를 꽂은 채 그들이 미리 준비해 온 음악을 들으며 몸을 신나게 흔들고 있다.

팀은 레나에게 손짓한다. 둘은 맥주를 들고 테라스로 나간다. 술에 취한 아이들이 콜라와 맥주를 조금씩 쏟아 바닥이 끈적거린다. 얼마 전에 팀은 할머니 집에 가서 잔디를 깎아 주며 할머니의 옛날이야기를 다시 들어 주었다. 너무나 자주 들어 이제 외울 수도 있는 이야기였다. 80세가 되자 할머니는 가끔 누군가의 생년월일을 틀리게 말했는데 그때마다 팀은 재빨리 정정해 주었다. 할머니는 집중해서 듣는 팀이 기특하다며 머리를 쓰다듬어 주었고 맛있는 음식을 차려 주었다. 팀이 집에서 나설 때 주머니에 30유로를 찔러주기도 했다. 집으로 돌아오는 길에 팀은 아빠 집에 들러 티브이 프로그램 하나를 보며 맥주를 함께 마셔 주었다. 현관에서 아빠는 동전이 가득 든 깡통을 통째로 주었다. 기대를 저버리지 않고 동전은 거의 50유로에 육박했다. 그렇기에 오늘 팀은 레나에게 맥주를 몇 잔 정도 더 사 줄 수 있다. 물론 모든 건 엄마에게 비밀이다.

둘은 테라스에 선다. 노랫소리가 조금 멀리 들린다. 난간에 기대어 둘은 눈을 맞추며 잔을 부딪는다. 건배할 때 눈 맞추기, 그건 독일 사람들의 예의이다. 독일 문화에 잘 적응하는 것 같으면서도 엄마는 맥주잔을 부딪을 때마다 눈을 맞추지 않아 '날 싫어하나? 기분이 나쁜가?'라는 오해를 샀다. 그럴 때마다 '미안, 잊어 먹었어'라고 토를 달았지만 별것도 아닌 것에 내가 왜 미안해해야 하지? 일부러 그런 게 아니라 진짜 잊어 먹었다구, 불만을 토로하는 듯한 '토'였다. 나이프에 묻은 잼이나 소스를 혀로 핥는, 독일 사람들이 질색하는 행동을 할 때도 엄마는 마찬가지였다. 지금은 그렇지 않지만 예전의 엄마는 말수가 적었다. 그냥 '안녕' 하고 인사를 하면 되고 그냥 '고마워'라는 마음의 표시를 하면 되는데 그것마저도 하지 않아 아빠나 다른 사람들로부터 무뚝뚝하고 시건방

지고 성격이 이상한 사람으로까지 오해를 받았다. 한국 사람들 대부분은 그때그때 표현하는 걸 경박하다고 생각해 마음속에 그냥 담아 둔다는 사실을 팀은 한글학교에 몇 년 동안 다니고 난 후에야 부분적으로 깨달았다. 그래, 다른 게 아니야. 그때그때 청소하지 않아 여기저기 쌓인 먼지처럼 엄마 아빠 사이에도 먼지 같은 작은 오해들이 쌓이고 쌓여 결국 둘 사이가 혼탁해진 거야. 독일에서 태어나고 독일에서 자란 레나와 나 사이에도 크고 작은 오해가 쌓이는데 엄마 아빠는 오죽했을까, 팀은 속생각을 한다.

엄마와 아빠에 대한 생각을 하자 팀의 마음속으로 서늘한 바람이 지나간다. 엄마 아빠는 누구의 결혼식이나 장례식에 갈 때, 또는 자신의 학교에 갈 때 늘 함께 다녔다. 둘이 함께 집에서 나갈 때 팀은 왠지 모를 기대에 부풀었다. 하지만 그건 팀의 자발적인 희망고문에 불과했다. 집에 들어올 때 그들은 냉랭한 표정으로 각자의 방으로 들어가 문을 꼭 닫았다. 무관심이 얼마나 무서운지 보여 주고야 말겠어,라며 서로가 서로를 벼르는 것 같았다. 그렇게 가정 내 이혼을 감행한 그들이 너무나 가증스러워 팀은 꼭 닫힌 그들의 문 앞에 서서 속으로 분통을 터트리고는 했다. 그렇게까지 하면서 함께 살아야 해? 거짓된 부부 행세가 오히려 아이들에게 왜곡된 가족

관계를 가르치고, 부부간의 친밀함을 배울 수 있는 기회를 빼앗고, 심지어 대물림될 수도 있다는 말을 둘 다 살아생전 들어 보지도 못했어? 연예인도 아닌 주제에 웃긴다고 생각하지 않아? 응?

둘은 목이 말라 벌컥벌컥 맥주를 마신다. 한차례 바람이 지나간다. 가느다란 머리카락이 레나의 어깨 위에서 찰랑인다. 세포 하나하나를 건드리며 지나가는 알코올 때문에 팀은 지금 레나와 애무라도 나누고 있는 듯 몸이 달아오른다. 아, 작은 신음 소리가 자신도 모르는 사이에 입술을 빠져나간다. 레나는 지금 무슨 생각을 할까? 날 보고 싶어 했을까? 나를 아직 좋아하고 있을까?

아, 그만! 나에 대한 레나의 생각을 짐작하지 말자, 차라리 저 앞에서 춤추는 여자아이의 셔츠와 치마의 색이 어울리는지 그런 걸 판단하자. 아니, 판단하지도 말고 그냥 쳐다보기만 하자, 그렇게 이 순간을 즐기자. 즐기는 데에 집중하자, 그는 스스로를 세뇌시킨다.

"월화수목, 이번 주 4일 동안 네가 학교에 입고 온 옷들을 쭉 지켜봤어."

레나가 옅게 맥주 냄새를 풍기며 말한다. 이번 주는 특별한 축제 주간이었다. 4일 동안 매일 다른 테마가 있어 아이들은 그 테마에 맞춘 복장을 하고 학교에 갔다. 이미 학년 초에 구성된 '고3테마복장팀'이 모든 걸 계획하고 진두지휘했는데 아이들이 그것에 충실히 따라 준 것이었다. 그 팀은 페이스북에 작은 방을 만든 다음 이런저런 아이디어를 냈고, 팀원들의 여러 가지 의견을 수렴한 다음 다수결로 네 가지 테마를 결정했다.

그들이 결정한 테마는 월요일에는 공붓벌레, 화요일은 어릴 적 마음속의 영웅, 수요일은 창녀와 포주, 목요일은 어른이었다. 팀은 월요일에 아빠가 옛날에 쓰던 검은 뿔테 안경을 찾아 그 속에다 검은색 수성펜으로 크기가 다른 동그라미 두 개를 그려 넣어 공붓벌레라는 테마를 표현했다. 초점이 맞지 않는데다가 검은색 동그라미가 두 개나 들어 있어 그날 하루 종일 토할 것 같은 기분에 시달렸다. 화요일에는 예전에 즐겨 보던 만화 〈원피스〉의 주인공을 흉내 내 맨몸에다 검은색 조끼와 반바지를 입은 다음 밀짚모자를 쓰고 갔다. 그날따라 날씨가 쌀쌀해 온몸에 소름이 돋은 채 돌아다녔다. 수요일에는 머리에 젤을 발라 올백으로 넘긴 다음 아빠의 예전 양복을 찾아 입고 선글라스를 썼다. 구식 양복을 입은 터라 가난한 포주처럼 보였다. 목요일에는 쫄티를 입은 다음 배 부분에 신문지를 구겨 넣어 아빠의 배처럼 불룩하게 만들었고 파자마바지에 슬리퍼를 신은 다음 손에 맥주병을 들었다.

"그게 어른의 모습이라고? 썬다, 썰어!"

엄마가 팀의 모습을 보며 요즘 한국 아이들이 사용하는 말을 했다. 아이들이 쓰는 단어 몇 개를 절묘하게 사용하는 것으로 엄마는 아이들의 마음을 다 아는 척했다.

아이들의 상상력이라는 게 비슷비슷해 대부분의 남자아이들이 팀과 비슷한 모습으로 학교에 왔다. 그 월화수목 4일 동안 팀은 남자 여자 상관없이 12학년의 모든 아이들과 친해졌다. 심지어 1학년 때부터 얼마 전까지 원수처럼 지낸 칼과도 친해졌다. 칼은 어렸을 적부터 저보다 키가 작은 팀의 어깨를 툭툭 팔뚝으로 건드리거나 머리카락을 잡아당기며 지나갔다. 멀리서나 가까이서 눈이 마주칠 때면 두 손으로 제 눈을 옆으로 찢으며 '중국 놈의 눈, 중국 놈의 눈'이라며 약을 올렸다. 아빠를 닮아 팀의 눈이 중국 사람처럼 작지도 않은데 그랬다.

어느 날은 종이에다 '나를 차 주세요'라고 써서 팀의 등에 몰래 붙여 놓았다. 그런 다음 발로 살짝살짝 찼다. 재밌는 장난이라 여겼는지 지나가던 아이들이 낄낄거리며 칼과 똑같이 찼고, 그러던 어느 순간 팀이 넘어졌다. 넘어지는 바람에 팔꿈치가 까져 피가 나는데도, 엉엉 소리 내어 우는데도 그들은 장난스레 계속 발길질을 해 댔다. 그 일로 학교에서는 난리가 났다. 엄마가 학교에 찾아갔다. '인종차별'이라는 말을 특히 강조했다. 나치의 만행에 대한 철저한 반성이 있는 독일 사람들에게 '인종차별'은 그들의 치명적인 약점을 건드리는 단어였다. 칼과 그의 부모, 칼과 함께 팀을 찬 아이들과 그들의 부모 모두 긴장했다. 교장선생님에게 그들 모두 경고를 먹었고, 팀에게 진심 어린 사과를 하는 선에서 마무리되었다.

하지만 칼은 이후에도 틈날 때마다 팀을 못살게 굴었다. 그러던 어느 더운 날이었다. 하굣길에 칼이 실실 웃으며 팀에게 빈정거렸다.

"어이, 논에서 온 아이! 요즘 키가 좀 큰 거 같은데, 거기도 좀 자랐냐? 이만큼?"

칼이 물으며 제 엄지와 검지 사이를 1센트짜리 동전의 지름만큼 벌려 보였다. 칼의 옆에 있던 아이들이 팀의 그곳을 힐끔거리며 낄낄거렸다. 팀은 말없이 칼에게 다가갔다. 아이들이 지켜보는 가운데 오른발을 들어 반바지를 입고 있던 칼의 정강이를 냅다 걷어찼다. 그동안 그 순간만을 위해 음식을 먹어 왔고 그 순간만을 위해 모든 울분을 참아 왔던 양 젖 먹던 힘까지 짜내어 있는 힘껏 차 버렸다. 그러며 칼의 얼굴을 정면으로 노려보았다. 칼의 커다란 눈이 더 커지나 싶더니 눈물이 가득 고였다. 곧 뺨을 타고 눈물이 주르륵 흘러내렸다. 아픔을 참느라 이빨을 앙다문 채 칼은 아무 말도 하지 못했다. 아빠가 생일선물로 사 준 탄탄한 축구화를 학교에 처음으로 신고 간 날이었다. 이후 칼은 더 이상 팀을 괴롭히지 않았다. 이후 둘은 내내 맹숭맹숭한 관계로 지냈는데 그런 칼과도 월화수목 그 4일 동안 친해진 것이다!

그들은 4일 동안 서로의 비슷비슷한 복장에 대해 더할 나위 없이 훌륭하다고, 재밌고 기발하다며 입에 침도 안 바르고 칭찬해 주었다. 함께 웃어 주었고 쉴 새 없이 사진을 찍어 주었다. 학교에서 알코올을 금지했기에 빵 봉지 속에 숨겨 온 맥주를 한 모금씩 나눠 마시거나 물총 속에 담아 온 독주를 입에 한 발씩 쏴 주었고, 대마초를 한 모금씩 나눠 피며 낄낄거렸다. 꼭 그렇게 했다고 해서 그들 모두 친해진 것일까? 팀은 잠시 생각한다. 아마도 그것 때문만은 아닌 것 같다. 웃음과 장난을 통해 떨쳐 내 버리고 싶은 그들의 공통정서, 다름 아닌, 시험에 대한 걱정과 앞날에 대한 불안이 그들을 강하게 결속시킨 것 같다.

"나도 네가 어떻게 입고 왔는지 다 알아. 학교 아이들을 통틀어 네 복장이 가장 창조적이었어. 그리고 예뻤어. 월요일에 넌 다크서클이 뺨까지 내려오도록 화장하고 단추를 꼭꼭 채

운 폴로셔츠를 입었지? 공부만 하는 여학생처럼 보이게 말이
야. 화요일에는…… 뮬란처럼 보이도록 갈색으로 화장했고
검은색으로 염색한 머리를 쫑쫑 땋았지? 진짜 매력적이더라.
수요일에는 킬힐에 초미니를 입었지? 레알 고급 창녀 같았어.
얼마나 섹시하던지! 모두들 너만 쳐다보던걸? 목요일에는 머
리에 분홍색 구르쁘를 말고 잠옷을 입은 채 후라이팬 하나를
들고 학교에 왔지? 대단했어. 크크.”

“기억해 줘서 고마워. 네가 있어서 든든해.”

든든한 만큼 부담스러워, 하지만 싫지는 않아, 레나는 속생
각을 한다. 싫기는커녕 팀에게 받은 관심과 배려 덕분에 6주
만에 치료를 끝내고 병원에서 나올 수 있었다.

“레나. 우리, 다시 시작해 볼까? 다음 가로등까지 함께 걸
어갈까? 네가 다리 아파하면 내가 업어서 다음 가로등까지
걸어가 줄게. 응? 난 네가 좋아.”

팀은 용기를 내 레나에게 단도직입적으로 묻는다. 거절당
할까 봐 겁먹지 않는다. 정부 정책이 마음에 안 들어서, 공
기오염이 심해서, 경제가 바닥을 쳐서 등 심각한 이유 때문
이 아니라 변비 때문에 얼굴에 뾰루지가 나서, 머리를 안 감
아 냄새가 나서, 용돈 타는 날이 지나서, 시험을 망쳐서, 이빨
사이에 파란 파슬리가 끼어서 등 수천 가지 사소한 이유 때문

에 사람들은 사랑하는 사람으로부터 거절당한다고 친구들은 말했다. 팀은 그 알 수 없는 수천 가지 사소한 이유를 상대할 자신이 없어 용기를 택했다. 젖 먹던 힘까지 짜내어 냅다 칼의 정강이를 걷어찼던 것과 통하는 용기였다.

"……."

레나가 아무 말 없이 그를 바라본다.

"괜찮아. 금방 대답하지 않아도 돼. 근데 뭐 하나 물어봐도 돼?"

"응."

"헤어지자는 문자를 보내고 난 다음에 대체 어디를 간 거야? 그것도 6주씩이나. 중요한 시기인데 학교에 나오지도 않고 말이야."

팀은 가장 궁금해하던 것을 묻는다.

"아, 그게…… 그러니까……."

"괜찮아. 말해."

"사실은…… 우울증 치료소에 갔었어. 네 깜짝 선물을 받고 울음이 터졌는데, 그 순간을 기다리고 있었다는 듯 그동안 잠자고 있던 우울증이 도져 버렸어."

레나가 어렵지만 결정을 내렸다는 듯 솔직하게 대답한다.

"아, 나 때문에 우울증이……."

"한번 도지니까 쉽게 가라앉지 않았어. 울음을 그칠 수 없었어. 하지만 감사하게도 이번에는 치료가 빨리 끝났어. 예전에는 6개월 정도 입원한 적도 있었는데 말이야. 다 네 덕분이야."

"나 때문에 우울증이 도지고 나 때문에 우울증이 빨리 치료되고?"

"설명하기 어렵지만, 사실이 그래."

"왜 울었는데? 내가 뭘 잘못한 거야?"

"그게 아니라 감동해서…… 그래서……. 그전에는 무서워서, 분해서, 슬퍼서 울었는데 그때는 감동을 받아 눈물이 났어. 솔직히 말해서 팀, 나, 생일에 그런 진심 어린 선물과 축하를 받아 본 적이 없거든."

레나는 지금껏 의사와 상담원, 학교 선생님을 제외하고 아무에게도 자신의 우울증에 대해 말한 적이 없다. 하지만 용기를 내 팀에게 말한다. 레나는 어릴 때부터 엄마가 술주정뱅이 아버지에게 자주 맞는 것을 보았다. 엄마는 어린 레나를 데리고 '여성의 집'으로 몇 번 피신하기도 했다. 하지만 그러한 관계에도 익숙해지는 것인지 엄마는 아버지가 걱정된다며, 그도 불쌍하게 자라서 그런 거지 원래 나쁜 사람은 아니라며 다시 집으로 돌아가곤 했다. 레나는 자신보다 아버지를 더 불쌍하게 여기는 엄마가 원망스러웠다. 자신은 맞지 않았지만 엄마가 맞는 모습을 보는 것만으로 충분히 무서웠고 무서운 만큼 분노했다. 그러던 어느 날 술주정뱅이 아버지가 술에 취해 걷다가 발을 헛디뎌 강물에 빠져 죽었다. 돌아가신 게 아니라 죽었다! 엄마가 하늘이라도 무너진 듯 울었다. 레나는 울지 않았다. 이후 레나는 엄마와 소원한 관계를 유지하며 지내고 있다.

"그런 줄 모르고 많이 걱정했어. 보고 싶었고."

"팀, 미안해. 사실은 만나서, 아니 적어도 전화로라도 네게 이별의 말을 전하려고 했어. 하지만 생각처럼 되지 않았어. 아니 그럴 수 없었어. 감정이 불안정해지면 나…… 나도 모르는 사이에 말을 더듬거든. 그 모습을 네게 보이기 싫었어."

"그랬구나…… 이제는?"

"괜찮아. 시험 때문에 스트레스가 있지만 알아서 조절하고 있어."

"……."

"팀, 아까 네 물음에 대한 대답, 본고사 끝나고 해도 되지? 시험 스트레스만으로도 난 지금 너무 벅차거든."

레나는 남자에 대한 경계심이 강하다. 2년 정도 팀을 알게 모르게 지켜보았지만 선뜻 마음을 열 수 없다.

"오케이. 천천히, 천천히. 나, 네 대답, 오래도록 기다릴 수 있어."

레나는 예전에도 그랬다. 자신을 싫어하지 않는 것 같은데 일주일에 한 번 이상은 만나 주지 않았다. 왜 그래? 내가 싫은 거야? 팀이 단도직입적으로 물어보면 레나가 대답했다. '그게 아니야, 나 때문에 네가 힘들어질지도 몰라. 그래서 자주 만나는 게 부담스러워'라고.

"좋으면 좋은 거고 싫으면 싫은 거지, 여자들은 뭐가 그렇게 복잡해?"

매일 보고 싶고 매일 만지고 싶고 매일 키스하고 싶은 팀은 그렇게 할 수 없어 불만스러웠다. 그때마다 레나가 지금의 팀처럼 말했다. 우리, 서둘지 말고 천천히, 시간을 두고 천천히, 그렇게 가까워지자. 응?

"그나저나 레나, 내일 예비시험 성적 발표가 있잖아. 통과할 거 같아?"

"그거야 알 수 없지. 하지만 걱정하지는 않아. 넌?"

"난 걱정해야 할 수준이야. 흑흑."

"크크."

"크크."

팀과 레나는 맥주를 다 마신 다음 친구들이 있는 홀로 다시

내려간다. 밤새도록 웃고 떠들며 춤을 춘다. 팀은 레나와 함께 있는 것만으로도 행복하다. 아니, 사실은 조금 더 행복해지고 싶다. 하지만 참는다. 기다린다. 솔직히 마음 같아서는 지금 당장 한 시간에 한 대 있는 심야 버스를 타고 레나와 자신의 방으로 가고 싶다. 지난한 세월, 엄마의 표현으로는 학을 뗄 정도로 질려 버린 몇 년의 시간을 거쳐 이제 엄마는 이전처럼 10분마다 걱정된다며 자신에게 문자를 보내거나 전화하는 대신 나직이 코를 골며 자고 있을 것이다. 팀은 발꿈치를 든 채 살금살금 복도를 지나 부엌으로 갈 것이다. 돈을 아끼느라 아무것도 안 사 먹는 또래의 아이들처럼 그 또한 쫄쫄 굶고 다니는 걸 아는 엄마가 고기를 맵게 볶아 놓거나 감자 샐러드를 넣은 샌드위치를 만들어 눈에 잘 띄는 곳에 놓아두었을 것이다. 다음 날 부엌에 그게 그대로 놓여 있으면 엄마가 섭섭해하기에 '고마워, 엄마' 속으로 말하며 방으로 가져갈 것이다. 하지만 먹지 않을 것이다. 레나와 함께 있기에 배가 고프지 않을 것이다. 아니, 배고플 겨를이 없을 것이다. 팀은 문득 엄마와의 규칙을 떠올리며 불을 켜지 않을 것이다. 레나의 물값을 대신하기 위한 방편으로 그렇게 불을 켜지 않은 채 레나에게 부드럽게 키스할 것이다. 이히 리베 디히, 속삭일 것이다. 음악의 리듬을 타고 출렁거리던 레나의 가슴을 손으로 애무할 것이다. 아, 레나…… 평소 레나의 생각만으로도 울근거리는 걸 주체하지 못하던 팀은 낮은 신음 소리를 내며 레나에게 한없이 침잠해 들어갈 것이다.

하지만 팀은 참는다. 예전이나 지금이나 다가가는 딱 그만큼의 간격을 두는 레나를 안타깝게 바라보며 기다리기로 마음먹는다. 이른 아침이나 늦은 저녁에 죄 없는 휴지만 축내며 혼자 욕망을 해결하기로 한다.

"앗!"

팀은 순간 놀란다. 그동안 간간이 침대 주변에 던져 놓았던 휴지, 그걸 다 엄마가 치운 건가?

"왜?"

덩달아 놀란 레나가 묻는다.

"에잇!"

"응?"

아, 아니야, 팀은 중얼거린다. 칠칠맞지 못한 자신을 탓하며 머리를 긁적거린다. 춤을 추느라 땀을 많이 흘려 젖었다가 그사이 마르고, 다시 축축해진 팬티가 유난히 질척거린다. 엄마 말을 들을걸 괜히 까만색 나일론 팬티를 입고 왔어, 팀은 후회한다.

용기 있는 사람

팀과 레나, 그리고 디스코텍에서 밤을 새운 아이들은 아직 기운이 남아 킬킬거리며 버스를 기다린다. 공부만 아니라면 절대로 소진되지 않을 기운이다. 그들은 집이 아닌, 학교로 직접 가는 버스를 타려는 참이다.

오늘은 학교에서의 마지막 날이다. 그렇기 때문에 그들은 오늘도 죽도록 놀며 완벽하게 즐겨야 한다. 팀은 어제 놀다 놀다 도저히 더 놀 수 없을 정도로 지쳐 늦은 오후부터 네 시간 넘게 집에서 자고 나왔지만 지금 킬킬거리는 아이들 대부분은 서른 시간도 넘게 자지 않은 상태이다. 아닌 게 아니라 그게 무슨 무용담이라도 되는 양 스물일곱 시간이 어쩌고 서른한 시간이 어쩌고 하며 시끄럽게 떠든다. 엄마의 '학을 뗀다'라는 말이 무슨 뜻인지 조금 알 것 같다.

4월 초 아침 5시 30분, 아직 어둑어둑하다. 디스코텍에서 가장 마지막까지 놀다가 거의 쫓겨 나오다시피 한 그들은 버스를 기다린다. 그러다 다음 정류장까지 걷기로 한다. 걷는 도중 앞선 아이들이 누군가를 보며 환호한다. 작년에 졸업한 선배의 모습이 앞에 희미하게 보인다. 그의 아버지는 의사인데 그는 집안의 규율에 따라 고등학교를 졸업하자마자 2~3년이 걸리는 아우스빌둥(도제자교육)을 공장에서 받고 있다. 그렇게 사회생활을 해야 철이 들고, 그래야 대학에 가서도 더 열심히 공부하게 된다는 깊은 뜻이 담긴 집안의 무조건적인 규율을 그는 몸소 실천하는 중이다. 들어가기는 쉽지만 졸업이 쉽지 않은 대학에서 만약 실패해도 직업생활을 할 수 있는 자격증을 갖는 셈이니 솔직히 나쁠 건 없다.

선배는 6시까지 회사에 출근하기 위해 버스정류장으로 걸어가던 중이었다. 자신의 1년 전 모습을 보는 것 같은지 무척 반가워한다. 많지는 않지만 월급을 받는 그가 지갑을 뒤져 아이들 손에 돈을 조금 쥐어 준다. 아이들이 휘파람을 불어 대고는 당케, 당케, 소리치며 아직 잠에서 깨어나지 않은 거리를 가로질러 주유소로 몰려간다. 맥주를 사서 돌린다. 다들 빈속이라 차가운 맥주가 그리 반갑지 않지만 군소리 없이 마신다. 요 며칠 동안 위가 적응했는지 마실 만하다. 레나도 마신다. 한 사람이 웃자 미친 듯 따라 킬킬거린다.

그들은 다시 걷는다. 주유소에 들어가는 바람에 코앞에서 버스를 놓친 그들은 버스의 꽁무니에 대고 발길질을 해 대며 퍽큐를 날린다. 다시 미친 듯 킬킬거린다. 그들은 길을 건너고 숲을 지나 학교로 걸어간다.

"레나, 괜찮아? 춥지 않아?"

"응, 괜찮아. 고마워."

짧게 묻고 짧게 답한다. 그들 모두 반팔인 '고3티'에 청바지를 입었고 손에는 차가운 맥주를 들고 있다. 등허리 부분에 '고3, 2014'라고 쓰인 '고3티'는 밤새 땀에 젖고 마르기를 반복해 후줄근할뿐더러 아이들이 움직일 때마다 큼큼한 냄새가 난다.

'고3티셔츠팀' 팀장은 칼이었다. 그 또한 페이스북에 작은 방을 만들어 티셔츠의 색과 가격, 뒷부분에 적을 글씨 등 팀원들의 아이디어를 수렴했다. 다수결을 통해 티셔츠는 검은색으로, 글씨는 하얀색으로 결정됐다. 주문과 동시에 돈을 걸고, 가게에 주문을 하고, 티셔츠를 찾아와 아이들에게 일일이 나눠 주었다.

오늘은 마지막 정규 수업일, 그들의 마지막 등굣길이다.

마지막 등굣길을 레나와 함께 걷고 있어 팀은 행복하다. 하지만 오늘 예비시험에 통과하지 못해 지금부터 몇 달 동안 놀다가 오는 8월에 12학년을 다시 시작하거나, 떨어진 순간부터 11학년으로 내려가 후배들과 함께 공부하다가 그 후배들과 나란히 12학년으로 올라가는 일이 생길까 봐 불안하다.

낙제. 팀은 그게 부끄러울 것 같기도 하고 부끄럽지 않을 것 같기도 하다. '팀, 지금의 1년, 나중에는 아무것도 아니야, 나중에 37세나 38세나 뭐가 다르겠어? 74세나 75세나 얼마나 다르겠냐고? 찬물에 일찍 빠져 보는 것도 나쁘지 않아, 괜찮아'라며 아빠가 엄마의 염장을 지르는 말로 분명 위로해 줄 것이라 부끄럽지 않을 것 같기도 하고 '설마, 설마 했더니 설마가 사람을 잡았구나, 사람은 쓴맛에도 적응하는 법이라 앞으로도 네가 그 쓴맛을 당연히 받아들이고 계속해서 의욕 없이 살게 될까 봐 그게 걱정이 돼. 건강하겠다, 머리 좋겠다, 밥해 주는 사람도 있겠다, 공부만 하면 되는데 넌 왜 공부만 하지 않지? 사람이 시기를 놓치면 힘들어, 그게 독일이라고 해서 다를까?'라며 실망과 우려의 표정을 지은 엄마가 길게 길게 잔소리할 걸 생각하면 부끄러울 것 같기도 하다.

아빠와 엄마는 공부에 관한 생각이 많이 달랐다. 4학년 때인가, 시험을 하루 앞둔 팀이 공부를 하는 대신 걱정만 하자 엄마가 말했다.

"손에 책이라도 들고 다니렴. 그래야 한 자라도 더 보지."

그도 그럴 것 같아 팀은 화장실에 가나 식탁에 앉아 간식을 먹으나 손에 책을 쥐고 있었다. 보다 못한 아빠가 책을 뺏어 식탁에 탁, 소리가 나게끔 올려놓으며 말했다.

"팀, 하루 전에 공부해 봤자 헷갈리기만 해. 이왕에 하지 않을 공부, 그냥 마음 편하게 쉬렴. 아니면 머리도 식힐 겸 아빠랑 티브이나 볼까?"

그날 엄마 아빠는 크게 부부싸움을 했다. 아빠가 방을 구해서 나간 것도 그 무렵이었다.

"당신은 왜 그렇게 나를 우습게 보는 거지? 일부러 그러는 거야?"

소리를 지르며 엄마가 울었다.

"그게 아니라 사실이 그렇기 때문에 그렇게 말한 거야. 내가 일부러 그런다고? 대체 말이 되는 소리를 해야지! 음악 하는 예민한 사람이라는 티를 일부러 내는 거야 뭐야? 내가 이 집에서 도대체 무슨 말을 못 해요!"

팀이 그렇듯 엄마는 아빠에게 자신을 좀 보아 달라고, 달래 달라고 우는 것 같은데 아빠는 그러기는커녕 큰소리를 치며 문을 쾅, 닫고 밖으로 나가 버렸다. 그러자 엄마는 바닥에 주저앉아 다 큰 어른이 엄마, 엄마, 소리치며 더 크게 울었다. 누구 마음 누가 안다고, 팀은 얼른 엄마 옆에 쪼그려 앉았다.

"미안해 엄마, 내가 공부 더 열심히 할게, 그러니까 울지 마엄마, 응? 봐 봐, 지금 나, 손에 책 들고 있지? 그지?"

쫑알거리며 엄마의 눈물을 닦아 주었다. 엄마가 우니까 엄마가 진 것이고, 진 사람은 약자이고, 약자는 보호해 줘야 했다.

그 무렵 자신의 마음의 추이를 돌아보면 다음과 같다.

엄마는 나야, 그러니까 아빠는 내 말을 안 들어주고 나를 울린 거야, 아빠 미워! ─ 나는 괜찮아, 제발 나 때문에 싸우지 좀 마, 응? 왜 엄마 아빠는 내가 노력하는 만큼의 노력도 하지 않지? 잘못했어, 실수였어, 미안해, 이런 말은 용기 있는 사람이 아니라 지혜로운 사람이 하는 말이라는 걸 둘 다 몰라? 엄마 아빠 때문에 내가 도대체 한시도 마음 놓고 살 수가 없어! ─ 어? 아빠와 나는 남자네? 엄마에게는 미안한 말이지만, 아빠가 나가 버리니까 아빠 대신 내가 해야 할 일이 많아졌네? 이것저것 많이 먹어도 김치를 안 먹으면 배가 하나도 안 부르다는 엄마처럼 이런저런 일을 많이 해도 표시가 하나도 안 나네? 그래서 아빠가 자꾸 생각나네?

그런 엄마 아빠였는데 정작 헤어져 살고부터는 서로가 서로를 더 챙겨 주는 것 같다. 그나마 다행이다.

다리 아래를 지난다. 학교에 가려면 아직 10분 정도 더 걸어야 한다. 다리 아래의 벽에 아직도 플래카드가 붙어 있다. '용기란 말이라는 무기로 싸우는 것입니다'라는 문구 아래 이렇게 쓰여 있다.

우리는 50년에 걸친 시민전쟁이 끝난 후 학교를 세우고 있는 수단의 용기 있는 사람들을 돕고 있습니다. 여러분의 성금은 많은 도움이 됩니다. www.misereor.de

용기 있는 실천, 또는 실천하는 용기를 외치는 가톨릭의 봉사 재단이 붙여 놓은 플래카드이다. 타인의 동정심을 끌어내는 데 주력한 문구가 아니라 돕고 싶다는 마음이 저절로 우러나와 그것이 곧바로 행동과 연결되도록 실천에 호소하는 문구였다.

팀은 그 플래카드를 본 얼마 전에야 비로소 자신의 장래에 대해 잠시나마 이런저런 생각을 해 보았다. 용기를 내어 제3세계로 날아가 1년 정도 봉사활동을 해 볼까, 아니면 독일에 남아 양로원이나 고아원에서 1년 정도 일해 볼까? 그것도 아니면 대학에 바로 진학해 버릴까, 아니면 엄마의 눈총이 몹시 따갑겠지만 자신이 진정 하고 싶은 게 생길 때까지 집에서 빈둥거릴까? 그도 저도 아니면 아르바이트를 하며 돈이나 벌까?

2011년부터 군대에 갈 의무가 사라졌기에 1년 정도 시간을 번 셈이라 사실 어떤 선택을 하든 나쁠 건 없다. 하지만 우선 낙제부터 면해야 가능한 선택이었다.

"레나, 졸업한 후에 뭐 할 생각이야?"

"난 아프리카에 갈 생각이야. 신청해 놨더니 몇 개월 전에 자리가 나왔어. 어렵게 모은 성금으로 학생 하나를 보내 봤자 봉사기관이나 아프리카 아이들에게 도움이 안 된다고 비판하는 사람도 있고, 도움병에 걸린 아이들이 허세를 부리기 위해 아프리카에 간다고 비아냥거리는 사람들도 있지만 그래도 가려고! 가서 열심히 하려고!"

"레나, 훌륭해!"

아니, 벌써 몇 개월 전에 자리가 나왔다고? 신청하면 금방 나오는 게 아니었나? 생각하며 팀은 대답한다. 그동안 안이하게 시간을 보낸 자신이 조금 부끄럽다.

"그곳에 다녀온 선배 몇몇의 이야기를 들어 봤어. 어떤 선배는 사명감을 가지고 갔지만 게으르고 의욕이 없는 아이들이 학교에도 오는 둥 마는 둥 잘 따라 주지를 않아 실망한 채 돌아왔고, 어떤 선배는 아이들이 잘 따라 준 덕분에 1년 동안 정이 들어 헤어질 때 많이 울었다고, 독일에 돌아온 후에도 그들의 때 묻지 않은 모습이 떠올라 아프리카가 계속 그립다고 했어. 뭐, 경력에 집어넣기 위해 단기간 자비로 다녀오는, 물을 흐리는 선배들도 있긴 하지만 말이야."

"아프리카에는 언제 가는데?"

"8월 초에. 가기 전에 예방주사를 맞아야 하는데 그 값은 스스로 지불해야 해. 그래서 용돈을 모으고 있지. 비자를 신청하는 데 들어가는 비용도 개인이 알아서 지불해야 해."

"레나, 그럼 우리, 1년 동안 만날 수 없는 거네?"

1년 동안 못 본다는 생각에 팀은 벌써부터 마음이 안 좋다.

"네가 아프리카에 한번 놀러 와. 거기서 일하면 아주 조금이지만 용돈을 준대. 내가 그거 다 모아 놓을게. 우리 함께 여행하자."

레나는 봉사활동을 하는 동안 매달 100유로의 용돈을 받는다고 들었다. 그걸 모아 봉사가 끝나 갈 무렵 아프리카 여행을 할 계획이다.

"좋은 생각이야! 나도 알바해서 돈을 모아 놓을게."

"넌 어떤 계획을 세웠는데?"

"운동을 잘하는 언어학자 정도? 크크. 하지만 아직 확실치는 않아. 그래서 네가 더 어른스럽고 훌륭해 보여."

팀은 어렸을 적에 어른스러워지고 싶어서 수염이 하나도 없는 턱에 비누칠을 한 다음 아빠 몰래 면도기를 써 보았다. 거울을 보며 아빠의 표정과 말투를 흉내 내 보았고 아빠의 향수를 뿌리고 다녔다. 당시 그가 가장 무서워했던 건 엄마가 들려준 적이 있는 '옹달샘'인가 하는 한국의 옛날이야기였다. 물을 마실 때마다 어려지더니 급기야 노인에서 아기로 변해 버렸다는. 그 이야기를 듣고 난 뒤부터 팀은 물을 마실 때마다 의심의 눈초리를 보내곤 했다. 그랬건만…… 레나 앞에서 팀은 한순간에 어린아이가 돼 버린 듯하다.

"아프리카에 다녀온 후에는 뭐 할 건데?"

팀이 묻는다.

"심리학 공부를 할 거야. 너도 알다시피 그러려면 의대 못지않게 점수가 좋아야 하잖아? 뭐, 열심히 하고는 있지만 걱정이 안 되는 건 아니지."

설마, 하며 아프리카에 다녀온 이후에 대한 계획을 물어보았는데도 레나는 구체적인 답을 한다. 어느 하늘 아래 어떤 바람을 맞으며 어떤 햇볕을 쪼였는지 그녀의 표정이 단단하게 익어 보인다.

"심리학? 그걸 선택한 이유가 있어?"

"성폭행을 당하고도 아무 말 하지 못하는 제3세계의 힘없는 여자들에게 조금이나마 도움이 돼 주고 싶어서!"

자신과 비슷하게 피상적으로 '그냥 그게 좋을 거 같아서'라는 대답이 돌아오겠거니, 생각하던 팀은 다시 놀란다. 하긴 여자아이들은 남자아이들과 많이 달라 선생님에 대한 파악을 잘하고 좋은 성적에 대한 집착이 강하지, 수업시간에 참여도 잘하고 노트를 깨끗이 작성해 선생님들의 사랑을 받지, 후줄 그레한 차림에 시장봉지를 들고 다니는 수학선생님은 대놓고 여자아이들에게 좋은 점수를 주지 않나! 나를 비롯한 남자아이들은 여자들의 그런 면을 너무나 사소한 것으로 치부하며 근거 없는 자신감에만 사로잡혀 있지, 여자들은 그런 남자아이들을 '멍청이'라는 단어 하나로 표현하며 무시하고 말이야, 그럼에도 여자들은 남자를 남자들은 여자를 끊임없이 흘끔대며 자기 것으로 만들기 위해 애쓰지, 팀은 생각한다.

"레나, 대단해. 존경스러워. 그리고 부끄러워."

"존경은 무슨…… 근데, 부끄럽다니?"

"뭐, 그런 게 있어……."

"……."

용기란 권력의 힘을 무서워하지 않고 그 권력자들이 불편하도록 만드는 것이고, 용기란 은폐된 범죄를 증명하는 것이고, 용기란 에이즈에 걸린 고아와 함께 아프리카에 있어 주는 것이고, 용기란 모든 언론이 사라지고 아무도 관심을 갖지 않는 곳에 계속 머물러 있는 것이고…… 동갑인데도 확고한 사명감을 가지고 앞길을 헤쳐 나가려 하는 레나의 용기가 팀은 진심으로 존경스럽다. 그녀와 달리 모기와 말라리아, 극심한 더위가 무서워 사실 자리가 난다 해도 아프리카에 가고 싶지 않은 팀은 부끄럽다.

봄처럼 듣고 6월처럼 이야기하기

학교에 도착한다. 6시 20분이다. 학교는 벌써 시끌시끌하다. 수위아저씨에게서 열쇠를 넘겨받은 '고3골탕팀'의 팀장과 팀원들이 크게 음악을 틀어 놓은 채 땀을 삐질삐질 흘리며 열심히 책상과 의자를 나르고 있다. 어젯밤에 학교에서 밤을 지새운 그들의 몰골은 초췌하기 이루 말할 수 없다. 그들은 12학년 정규수업의 마지막 날인 오늘, 학생과 선생님 모두가 깜짝 놀랄 만한 일을 꾸미고 있는 중이다.

12학년 학생들은 선배들이 전통적으로 그래 왔듯 시험 스트레스가 심할 때를 피해 일찌감치 '고3위원회'를 만든다. '고3위원회'의 대표가 학년 초에 12학년 학생 모두를 집합시킨다. '고3테마복장팀', '고3티셔츠팀', '고3골탕팀', '고3신문팀',

'고3졸업파티팀' 등 총 다섯 개 팀을 만들어 팀장과 팀원을 뽑는다. 공부를 하거나 성적을 올리기 위한 팀들이 아니라 어떻게 하면 효과적이고도 재미있게 놀 수 있나에 대한 연구와 개발을 도맡은 팀들이다.

그중 '고3신문팀'의 일이 가장 많다. 글쓰기를 좋아하고 이미 학교신문사에서 활동한 적이 있는 사람이 팀원이거나 팀장이 되면 좋다. 기사를 쓰고, 고3 아이들의 사진을 모으고, 총 몇 페이지로 신문을 만들 것인지 결정하고, 기사와 글의 배열을 정한다. 예약과 주문, 인쇄를 꼼꼼히 챙긴다. 팀원 중 협상을 잘하는 사람이 주위에 있는 맥주 회사나 레스토랑, 카페나 은행을 찾아가 후원을 부탁한다. 고3신문의 한 면에 홍보해 주는 대가로 100유로 또는 200유로 정도 후원받는다.

'고3졸업파티팀'은 12학년 학생들과 그들의 부모, 친척 모두가 들어갈 수 있는 커다란 장소를 물색 및 섭외해 좋은 조건으로 빌린다. 음료수와 음식 서빙, 음악과 디제이와 조명은 물론 안전에 대한 모든 책임을 진다. 이 또한 협상을 잘하고 사람 만나는 걸 즐기는 사람이 팀원으로 있으면 좋다. 그들은 컵케이크 등을 만들어 팔거나 디스코의 밤을 개최해 수익을 내고, 고3 파티에 올 사람들에게 미리 표를 팔아 모든 비용을 충당한다.

'고3위원회'의 대표와 팀장 다섯 명은 규칙적으로 만난다. 일의 진행 상황을 서로 체크한다. 학교의 휴식 시간이면 충분하다. 대표는 학교와 선생님들에게, 팀장은 팀원과 아이들에게 체크한 내용을 전한다. 모두들 자율적이고도 기쁘게 맡은 바 책임을 다한다. 레나는 '고3신문팀'에, 팀은 '고3졸업파티팀'에 속해 있다.

팀과 레나는 '고3골탕팀'을 도와 교실에서 열심히 책상과 의자를 내온다. 학교 현관문 앞에 켜켜이 쌓아 놓는다. 끝이 보이지 않는 성적이라는 이름의 마라톤에 심신이 지쳐 있다가도 이런저런 파티와 행사에 참여할 때면 언제 그랬냐는 듯 힘이 솟는다.

'고3골탕팀'은 학교에서 밤을 새우며 선생님들과 학생들의 수업을 방해하기 위해 학교를 이미 엉망으로 만들어 놓은 상태였다. 부모의 차를 빌려 온 팀원들은 선생님들이 주차를 빨리하지 못하도록 선생님들의 주차장에다 지그재그 엉망으로 주차를 해 놓았고, 천 개쯤 되는 풍선을 불어 계단이나 강당의 연단 위에 발 디딜 틈 없이 빽빽하게 메워 놓았으며, 교실과 복도의 창문마다 집에서 가져온 이불보를 붙여 어두컴컴하게 만들어 놓았고, 문의 손잡이마다 치약을 발라 놓았다. 재미가 우선이지만 누군가에게 심한 불편함이나 불쾌감을 주어서는 안 된다는 게 그들의 철학이다. 나중에 모든 청소는 그들이 알아서 해야 한다는 것 또한 잘 알고 있다. 풍선과 치약, 사탕 등 재료 값을 충당하기 위해 팀원들은 벌써 한 달 전부터 책이나 옷가지, 장난감 등을 학교 앞마당에 내다 놓고 팔았다. 모자라는 돈은 회원들에게서 조금씩 걷었다.

'고3골탕팀'의 준비가 어느 정도 끝난다. 8시가 가까워지자 아이들과 선생님들이 하나둘씩 보인다. 하지만 현관문 앞에 책상과 의자를 켜켜이 쌓아 바리케이드를 쳐 놓았기에 아무도 학교 안으로 들어갈 수가 없다. '고3골탕팀' 팀장이 우렁우렁한 목소리로 말한다.

"여러분! 우리는 고3이라는 전염병에 걸렸습니다! 우리는 이 병을 치유해야 하는데, 그러기 위해서는 즐거워야 합니다. 웃음이 사람을 건강하게 만드니까요. 여러분! 이 병은 전염성이 아주 강합니다! 그렇기 때문에 여러분들은 우리 곁에 오면 안 됩니다!"

팀장의 말을 짓궂은 남자 선생님이 실실 웃으며 받아쳤다.

"애들아, 우리처럼 나이 든 사람들은 이미 걸렸던 병이란다, 그래서 항체가 있어. 그러니까 아무 염려 말고 우리부터 들어가게 해 주렴. 좀 들어가자, 응?"

"안 됩니다! 항체를 믿을 수 없습니다! 이 전염병은 다른 누가 아닌 바로 선생님들이 퍼트렸습니다! 그러니까 염치없는 말씀 말고 책임을 지십시오! 빨리 우리를 즐겁게 해 주세요! 우리에게는 이 전염병의 확산을 막아 그 폐해의 여파를 줄여야 할 의무가 있습니다!"

그러자 팀장 뒤에 선 60여 명의 고3들이 한목소리로 책임을 지십시오! 책임을 지십시오! 소리치며 선생님들과 학생들의 진입을 막는다. 삐져나오는 웃음을 참느라 서로의 얼굴 근육이 뻣뻣해진다.

그렇게 한동안 선생님과 농담 따 먹기를 하며 몸싸움을 하던 고3들이 조금 물러난다. 후배들에게 길을 터 준다. 아이들은 신 나 하며 책상 위를 오르거나 책상 아래로 기어 들어가 교실로 향한다. 남자 선생님들에게는 아기 때 입으로 붕붕 소리를 내며 타는 부비카 한 대씩을 나눠 준다. 머리가 허옇고 배가 나온 남자 선생님들이 부비카에 올라탄 다음 기다란 두 다리를 힘들게 움직이며 교무실로 들어간다. 여자 선생님들에게는 빗자루를 하나씩 나누어 준다. 두 다리 사이에 빗자루를 끼운 다음 가능한 한 높이 팔짝팔짝 뛰기를 고3들은 강권한다. 주차하기 위해 학교 주위를 이미 몇 바퀴 빙글빙글 돌다 온 선생님들이 짜증을 내기는커녕 팀장과 팀원들의 지시에 기꺼이 따른다. 고3 전염병을 치유해 주기 위해 아이들을 웃게 한다.

팀원과 팀장은 그러는 사이사이 아이들이 혹시나 다치지 않나 눈여겨보고, 행여라도 선생님들이 눈살을 찌푸리지 않나 세심하게 살핀다. 그러느라 한 시간 정도 시간이 소요된다. 모두가 모두를 도와 책상과 의자를 다시 교실에 들여놓느라 다시 30분 정도가 지난다. 수업이 가능한 한 늦어지도록 방해하는 데 일단 성공한 것이다.

이불 홑청으로 창문을 막아 놓아 복도가 어두운 걸 보고 후배들 모두 환호성을 지르며 깔깔거린다. 손에 치약이 묻자 웃음소리가 더 커진다. 팀원들이 아이들에게 물휴지를 나눠 주고 남은 치약을 손잡이에서 닦아 낸다.

겨우겨우 아이들이 교실에 들어가자 곧 휴식시간이 된다. 그 틈을 타 팀원들이 2차 계획을 진행시킨다. 고3 남자들에게는 물총을 주고 여자들에게는 사탕을 주머니 가득 채워 준다. 그들은 아이들이 빵이 든 도시락을 들고 서 있는 곳에 나타나 찍찍 물총을 쏘거나 사탕을 던진다. 크게 음악을 튼 채 와—와— 소리를 지르며 복도와 계단을 뛰어다닌다. 하하 호호 히히…… 모두들 학교가 떠나가라 웃는다. 고3 전염병이 거의 치유단계에 이른다.

10시, 그들은 강당으로 들어간다. 교장선생님의 짧은 인사말이 있을 것이고 곧이어 한 사람 한 사람에게 성적표가 배부될 것이다. 손에 풍선을 하나나 두 개씩 든 고3들이 강당으로 들어선다. 낄낄거리면서도 다소 불안한 표정들이다. 선생님들도 하나둘씩 들어선다. 마침내 교장선생님이 들어온다. '고3골탕팀'의 3차 계획은 성공할 것인가!

교장선생님은 그럴 줄 알았다는 표정으로 회심의 미소를 지으며 강당의 연단과 계단에 발 디딜 틈 없이 메워진 풍선을 하나하나 헤치며 유유히 연단에 오른다. 하지만 그러기도 잠시, 양복을 깔끔하게 차려입은 교장선생님은 엉덩이를 씰룩거리며 구체관절 마리오네트 인형이라도 된 듯 두 팔을 허우적거리기 시작한다. 한참을 그러다 중심을 잡는다. 그러느라 교장선생님의 얼굴이 벌겋다. 강당은 삽시간에 웃음바다가 된다. 모두들 볼에 경련이 일 정도로 웃는다. 그렇게 '고3골탕팀'의 계획은 완벽하게 성공한다.

교장선생님은 이마에 흐르는 땀을 닦으며 아이들에게 복수라도 하겠다는 듯 지루한 연설을 이어 간다. 한두 명의 모범생을 뺀 거의 모든 고3들은 간밤에 한숨도 못 잤기에 교장선생님의 연설이 시작된 지 채 1분도 지나지 않아 졸기 시작한다. 그러던 어느 순간 어떤 아이가 벌떡 일어선다. '토할 거 같아'라고 말하며 화장실로 뛰어간다. 아깝다며 빈속에 차

가운 맥주 한 캔을 꾸역꾸역 다 들이부은 여자애다. 졸다가 깨는 바람에 눈이 게슴츠레한 애들은 그게 꿈인지 생시인지 구분이 안 되는 와중에도 낄낄거린다.

마침내 각자의 성적표를 받아 든다. 몇몇 아이들의 표정이 어둡다. 통계상 적어도 한두 명, 많으면 서너 명의 아이들이 예비시험에서 떨어져 본고사를 못 본다고 했다. 휴, 팀은 안도의 숨을 내쉰다. 총 200점을 맞아야 통과하는데 팀은 320점을 맞았다. 걱정했던 것보다 점수가 굉장히 좋다. 하지만 600점 만점에 320점이다. 결코 잘한 건 아니다. 팀은 옆에 앉은 레나를 바라본다. 그녀도 팀을 바라본다. 서로 활짝 웃는다.

아이들은 학교 앞마당에 모인다. 오늘 아주 성공적으로 선생님들을 골탕 먹였다며 상기된 얼굴로 이야기를 나눈다. 다시금 빵 봉지를 하나씩 들고 있다. 학교 근처의 구멍가게에서 사 온 맥주 캔이 그 속에 들어 있다.

팀은 화장실에 간다. 칼이 시무룩한 표정으로 의자에 앉아 있다.

"칼, 왜 그래? 무슨 일 있어?"

혹시나 싶어 팀의 가슴이 철렁 내려앉는다.

"어? 아, 아무 일도…… 그냥 아버지 생각이 좀 나서…….”

움찔 놀라며 칼이 대꾸한다. 다행히 예비시험에 떨어진 건 아니다.

"아버지? 한 달 전쯤에 우리, 시내에서 마주쳤잖아. 그때 네가 아버지를 부축하고 있었는데…… 나 그때 네 아버지랑 악수까지 했어."

"맞아. 그때 아버지, 항암 치료를 받고 막 병원에서 나온 참이었어."

"아, 그랬구나…… 좀 어떠신데?"

"상태가 갑자기 악화돼…… 2주 전에 돌아가셨어. 오늘 내 시험결과를 보고 가셨으면 그나마 나았을 것을, 싶어서 이러고 앉았네."

"아…… 전혀 몰랐어. 그저 조금 편찮으신가 보다, 생각했는데……."

팀은 얼굴이 창백하고 힘이 하나도 없어 보이던 칼의 아버지를 떠올린다. 그는 팀의 등에 '나를 차 주세요'라고 쓴 종이를 붙였던 아들 칼을 대신해 진심을 담아 팀에게 사과했었다.

"힘든 치료를 받느니 차라리 돌아가셔서 다행이라는 생각도 들어. 오래 앓으셨거든. 근데…… 꼭 그것만은 아니네. 이제 다시 볼 수 없다고 생각하니까…… 그립네."

"칼, 힘내!"

"응. 그렇게. 고마워, 팀."

"그렇게 앉아 있지 말고 우리, 여자애들처럼 화장실에 같이 갈까?"

"됐고, 언제 술이나 한잔하자."

"콜!"

팀은 화장실로 들어간다. 화장실은 이미 난장판이다. 술에 취해 오줌을 다른 방향으로 싸거나 담배꽁초를 아무 데나 버린 놈, 바닥에 오바이트를 해 놓은 놈도 있다. 팀은 필리핀 사람이나 태국 사람으로 보이는 청소부 아줌마의 얼굴이 떠올라 괜히 미안해진다. 청소를 마친 그녀가 화장실 앞에 서서 길게 담배 연기를 날리는 모습을 본 적이 있기 때문이다. 그녀를 위해 작은 선물 하나를 준비하자고 건의해야겠어, 생각하며 팀은 화장실에서 나온다.

칼은 보이지 않는다. 한 시간 안에 봄여름가을겨울이 다 들어 있는 변덕스러운 4월답지 않게 오늘은 날씨가 화창하다. 아이들은 여자 남자 할 것 없이 교정의 바닥이나 벤치에 죽치고 앉아 해바라기를 하거나 빵 봉지를 들고 어슬렁거리며 노인들처럼 했던 얘기 또 하고 했던 얘기 또 하며 낄낄거린다. 팀은 피곤에 찌들어 마치 비렁뱅이들처럼 보이는 아이들의 모습을 카메라에 담는다.

교정 저쪽으로 독일어 심화코스를 함께한 아이들이 보인다. 레나도 보인다. 팀은 그들과 얼마 전에 런던으로 수학여행을 갔다. 화려하고 멋진 런던의 분위기와 달리 그들이 묵은 호텔은 마치 망명자수용소나 교도소처럼 보였다. 경비 절감을 염두에 두고 선택한 호텔이라 그랬겠지만 실망은 매우 컸다. 실망한 그들이 할 수 있는 건? 술 푸기!

그들은 호텔에 짐을 던져 놓은 채 근처의 구멍가게부터 물색했다. 영국 맥주를 사 마시며 실망한 마음을 달랬다. 달래고 달래다 맥주를 너무 많이 마셨는지 팀은 자신도 모르는 사이 3층짜리 호텔의 뾰족지붕에 올라가 있었다. 그다음 순간 정신이 들었을 때는 처마에 대롱대롱 매달려 있었다. 팀은 술김에도 주인에게 들키면 큰일이란 생각에 진땀을 흘리며 천천히 아래로 내려왔다.

역사 기본코스를 함께한 친구들도 한구석에 보인다. 팀은 그들과 함께 클럽에 갔던 어느 날 새벽을 떠올린다. 집으로 돌아가기 위해 새벽 전차를 기다리던 중 춤을 더 추고 싶다던 누군가가 철로 아래로 뛰어내려 신나게 몸을 흔들어 댔고, 팀과 나머지 아이들도 곧 따라 내려가 낄낄거리며 별 이상한 동작을 다 취하며 몸을 흔들어 댔다. 알코올과 지루함, 불안함과 객기가 적당히 섞인 청춘의 칵테일 탓이었다. 곧 전차가 들어올 시각이었다. 잠시 뒤에 그들은 경찰서에서 알코올테스트를 해야 했고, 각자의 부모가 잠이 덜 깬 얼굴로 경찰서로 와 그들을 데려갔다. 그들은 만날 때마다 상기된 표정으로 그날의 짜릿한 순간을 이야기하곤 했다.

그날 팀은 엄마가 아닌 아빠에게 전화했다. 크느라 참으로 애 많이 쓴다, 대수롭지 않게 말하며 아빠가 집에 데려가 재워 주었다. 팀은 침대에 누워 혀 꼬부라진 소리로 말했다.

"이휘 뤼베 디휘, 파파!"

말을 마치자마자 팀은 곯아떨어졌다. 그런 자신에게 아빠가 가만히 이불을 덮어 주며 말했다. 이히 리베 디히 아우흐, 팀!

"팀, 아르바이트가 있어서 나 먼저 갈게. 시험 준비 열심히 해."

레스토랑에서 주문을 받고, 음식을 나르고, 일손이 모자랄 때 가끔 설거지도 하는 레나가 팀의 어깨에 손을 얹으며 말한다.

"피곤할 텐데 오늘 하루 쉬면 안 되나?"

팀이 섭섭함을 감추지 못하고 묻는다.

"나도 쉬고 싶지만 그럴 수 없어."

아프리카에 갈 준비하랴, 이런저런 고3 행사에 참여하랴, 용돈이 턱없이 부족한 레나가 대답한다.

"내가 가서 도와줄 수도 없고…… 할 수 없지! 레나, 꾀부리면서 천천히 일해, 응?"

　레스토랑의 속사정을 모르는 팀이 말한다. 레나는 손님이 많을 때면 잠시도 쉬지를 못한다. 그것은 그녀가 끊임없이 웃고 있다는 걸 의미한다. 힘이 들어 표정이 자동적으로 굳어지면 주인아줌마가 제일 먼저 알아채고 지적한다. 원래는 주말에만 일하기로 했는데 손님이 많을 때는 오늘처럼 아무 때나 주인이 전화를 걸어 레나에게 일을 해 달라고 한다. 레나는 일하다가 너무 힘들어 쓰러진 적도 있고, 접시를 들고 주방으로 가다가 미끄러져 손님들이 보는 앞에서 꽈당, 자빠진 적도 있다. 하지만 자신은 손을 다치거나 기름에 팔뚝을 데어 가며 평생 음식을 만들어야 하는 요리사가 아니고 손님들의 비위를 평생 동안 맞추며 살아야 할 정식 직원이 아니라 잠시 일하는 학생이라는 생각으로 버틸 수 있었다. 레스토랑에서 수고하는 정도로만 학교생활을 하면 선생님의 칭찬과 좋은 성적은 따 놓은 당상이었다. 수도꼭지에서 똑똑 감칠나게 떨어지는 물방울 같은 엄마의 용돈만으로는 부족해 레나는 힘들어도 지금까지 2년 정도 계속 일하고 있다. 레나는 한 시간에 7유로를 받는다.

　"고마워, 팀. 내가 언제 레스토랑으로 한번 초대할게."

　프랜차이즈 패밀리레스토랑인 그곳에서 일하는 사람은 본

인과 초대받은 한 명의 식사값에 대해 50퍼센트의 할인혜택을 받는다. 그녀는 지금까지 엄마는 물론 그 누구와도 그곳에서 함께 식사한 적이 없다.

"정말? 와우! 벌써부터 행복해지는걸? 감격이야!"

팀이 말하며 레나를 살짝 안는다. 그녀도 그를 살짝 안는다. 하지만 엉덩이를 뒤로 뺀 채 어정쩡한 태도를 취한다.

레나가 가고 난 다음 팀은 햇살이 쏟아지는 교정을 여느 아이들처럼 어슬렁거린다. 독일어 심화코스와 역사 기본코스를 함께한 아이들 사이에 끼어 다시 낄낄거리기도 한다. 어릴 때 꾀죄죄한 손에 작은 플라스틱 숟가락 하나씩을 든 채 설탕물 얼린 얼음과자 한 통을 땡볕 아래에서 함께 긁어 먹던 아이들이다.

아, 교정에서의 마지막 날이라니! 마지막이라는 건 언제나 실감이 나지 않으면서도 아련한 기운을 남긴다. 시간이 지나야 비로소 명료해질 현실이다. 하지만 본고사가 남았기에 시험을 보러 다시 이곳에 올 것이다. 그때 아이들을 다시 만날 것이고, 거리에서나 시내에서도 가끔 마주칠 것이다. 이 학교에서, 이 도시에서의 이별은 그러므로 진짜 이별이 아니었다. 하지만 마지막은 마지막이라 팀은 친구들을 한 명씩 안으며 '잘 지내, 또 보자, 공부 열심히 해'라는 인사로 이별을 고한다. 마음이 알싸한지 여자아이 하나가 찔끔 눈물을 흘린다.

팀은 집으로 돌아간다. 지금쯤 레나는 아르바이트 하는 곳에 도착했겠지? 천천히, 천천히 내게 돌아오겠지? 생각하며 귀에 이어폰을 꽂는다. 트레인(Train)의 〈드롭스 오브 주피터(Drops of jupiter)〉라는 노래가 라디오에서 흘러나온다. 가사 하나하나가 그의 마음에 와 닿는다. 그녀가 이제 대기권으로 돌아왔어요…… 머릿결에 주피터의 눈물을 머금은 채…… 그녀는 여름처럼 움직이고 비처럼 걸어요…… 달에 머물다 돌아온 이후 그녀는 봄처럼 듣고 6월처럼 이야기하지요…… 이제 그녀는 영혼의 휴가에서 돌아왔어요…….

독일어 시험

팀은 아침 일찍 도서관으로 간다. 도서관에 다닌 지 벌써 2주째이다. 본고사 시험 네 과목 중 하나인 독일어 시험이 3일 후에 있기 때문이다. 집에 자신의 방이 있는데도 굳이 도서관에 가는 건 친구들 때문이다.

"고등학교 마치면 뿔뿔이 흩어질 친구들이야. 언제 얼굴 볼지 모르는 애들이라구. 대학 가서 다시 사귀면 되는데 원⋯⋯."

맨날 모여서 낄낄거리는 팀의 친구들이 못마땅한 성숙은 도서관에 가는 팀에게 참지 못하고 잔소리를 한다. 잔소리로 경계선을 그어 줘야 그나마 조금 더 공부하지 않을까, 싶어서이다. 물론 카이의 생각은 다르다. '지켜봐 주면 언젠가 스스로 하게 돼 있어, 경계선은 엄마가 그어 주는 게 아니라 아이 스스로 찾아서 긋는 거야'라고 말한다. '어떻게 된 애가 안 좋은 것만 빨리 배우는지 모르겠어', 그녀가 짜증스레 말하면, '안 좋은 걸 빨리 배워야 그게 나쁘다는 걸 또 빨리 깨우치지, 괜찮아, 아직 실수해도 되는 나이야'라며 태연하게 대꾸한다. 처음에는 그 별거 아닌 말 때문에 서로 눈을 부라리며 죽이기라도 할 듯 싸웠지만 이제는 생각의 차이려니, 하고 만다. 사실 일리가 있는 말이기도 하다.

"엄마, 걔네들 모두 착한 애들이야. 그런 식으로 말하지 마."

시험 때문인지 평소와 달리 팀이 발끈한다. 지치지도 않고 공부에의 환기를 해 주는 엄마에게 볼뽀뽀를 해 주는 대신 얼른 등을 돌려 도서관으로 간다. 아들이 얄밉다. 하지만 얄미울지언정 사람의 뒷모습은 왜 그리 쓸쓸해 보이는지!

"팀, 쏘리!"

오늘따라 태풍이 쓸고 간 숲처럼 황폐해 보이는 아들의 뒷모습에다 대고 성숙은 얼른 사과한다. 팀은 여전히 뒷모습을 보인 채 오른손만 위로 치켜 올린다. '노 프라블럼'이라는 뜻이다. 그런 아들의 뒷모습은 미안한 기억이 펼쳐지는 작은 상영관 같기도 하다. 유치원 입구에서 떨어지지 않으려고 매달려 우는 아들을 달래 주기는커녕 빨리 레슨을 하러 가야 했기에 '다 큰 놈이 왜 이래!'라며 혼내 주었던 기억. 조금이라도 공부를 게을리한다 싶으면 '한국에 있는 할아버지에게 보내 버릴 거야, 너도 한국 아이들처럼 밤낮없이 공부해서 대학에 한번 들어가 보렴', 독하게 쏘아 댔던 기억. 한글학교에서 '미래의 자신에게'라는 제목으로 글을 써 오라고 했는데, 팀이 이렇게 써서 제출했던 기억.

미래의 팀에게!

팀, 넌 아직도 운동을 좋아하니? 친구가 아직 많니? 난 네가 힘들어도 아직 한국어를 열심히 공부하고 있기를 바라.

미래의 팀, 네게는 여자친구가 생겼니? 아니면 혹시, 나 같은 아들이 생겼니? 아이를 낳고 공부하면 철이 빨리 들어 공부를 빨리 마칠 수 있다는 아빠의 말처럼 아이를 일찍 낳은 게 그리 나쁜 건 아니지!

넌 아이 엄마와 자주 뽀뽀하며 사이좋게 지내니? 부디 네 아들에게는 지금의 내가 느끼는 슬픔이 전해지지 않기를…….

미래의 팀, 네 엄마 아빠는 계속 사이가 안 좋니? 엄마가 아직도 가끔 우니? 그래서 슬프니? 네가 궁금해. 만나 보고 싶어. 하지만 불가능하겠지? 어쨌든…… 난 네가 제발 마음이 편하고 행복하면 좋겠어.

성숙은 오늘따라 센티멘털하다. 어제 시어머니가 슬픈 목소리로 이렇게 전화했기 때문이기도 하다.

"성숙, 옆집 하인츠가 죽었어. 내일 장례식이라 교회에 가야 하는데, 와 줄 수 있어?"

성숙은 시어머니에게 가기 위해 차에 시동을 건다. 시어머니의 옆집에 사는 하인츠 아저씨 부부 덕분에 성숙은 시어머니에 대한 걱정을 덜하고 살았다. 그는 시어머니 집의 이러저러한 자질구레한 일을 도맡아 해 주었고, 부부가 함께 들러 커피를 마시며 수다를 떨어 주었다. 시어머니의 나이가 있으니 이제 조금 더 자주 들러야겠어,라며 성숙은 책임감에 어깨가 무거워진다.

오늘은 토요일, 성숙은 음악학교의 수업도 개인 레슨도 없다. 개인 레슨은 알음알음으로 비밀리에 하고 있는데 얼마 되지는 않지만 그 레슨비 받은 것을 매달 아버지에게 송금한다.

시어머니는 젊은 시절에 시아버지가 다니던 회사의 발령으로 한국에서 2년 정도 살았다. 카이가 2살 때였다. 그때 사귄 한국 친구들과 시어머니는 서툰 한국어로나마 아직도 메일을 주고받고 있다.

　독일로 돌아온 이후 시어머니의 집 근처에 한국의 교환교수 부부가 살았다. 그 부부가 김치찌개를 끓이고 삼겹살을 구워 초대하면 시어머니는 정원에서 딴 열매로 케이크나 푸딩을 만들어 갔다. 독일 음식을 만들어 시어머니가 그들을 초대하면 그들은 후식으로 약과나 수정과를 만들어 왔다. 여자들끼리 옷을 사러 시내에 나가기도 하는 등 친하게 지낸 덕분에 성숙이 시어머니를 처음 보았을 때 그녀는 한국말을 제법 잘했다. 한국어 발음도 좋아 다른 독일 사람들처럼 성숙을 '조잉죽', 또는 '정죽'으로 발음하지 않고 '성숙'이라고 똑바로 발음했다.

　20년 전에는 지금처럼 휴대폰은커녕 메일도 없었다. 성숙은 3개월간의 어학코스를 마치고 독일로 돌아간 카이와 편지로 겨우겨우 소식을 주고받았다. 성숙은 졸업을 하자마자 그가 보고 싶어 무작정 독일로 날아왔다.

　저녁 무렵, 성숙은 독일에 도착해 기차를 타고 그가 사는 도시로 향했다. 물어물어 편지봉투에 적힌 대학교 기숙사의 방문을 두드렸다. 그가 움찔, 놀랐다. 성숙이 놀라 함께 움찔할 만큼. 커다란 여행가방과 그녀의 얼굴을 번갈아 보기만 할 뿐 들어오라는 말조차 하지 않았다. 그는 기숙사의 공동

전화로 어딘가에 전화를 걸어 성숙이 알아듣지 못하는 독일어로 투덜거렸다.

얼마 후 카이의 부모님이 성숙과 성숙의 가방을 싣고 당신들의 집으로 갔다. 날이 어둡고 춥기도 하거니와 분을 이기지 못한 성숙은 바르르, 바르르, 떨었다. 카이의 어머니는 성숙을 거실 소파에 앉힌 다음 당신이 구운 달콤한 비스킷을 곁들여 따끈한 차를 내주었다. 깨끗한 이불을 펴 잠자리까지 마련해 주었고, 성숙의 머리를 쓰다듬으며 한국말로 '자, 그냥, 편안하게'라고 말해 주었다.

아침에는 성숙을 위해 밥을 하고 김칫국을 끓여 주었다. 찰기가 없어 풀풀 흩어지는 밥에 양배추에다 빨간 파프리카 가루를 넣어서 끓인 밍밍한 김칫국이었다. 앞으로 어찌해야 하나, 싶어 앞이 캄캄한 성숙이 음식을 앞에 놓고 눈물을 질금거리자 그녀는 쉬운 한국말로 천천히 말했다. '걱정 말고, 편하게, 이 집에, 나랑, 계속, 있자. 여기, 방, 많아!'

성숙은 그녀의 소개로 대학 교수에게 개인 레슨을 받았고, 카이의 피아노로 연습을 했다. 하지만 시험에서 떨어졌다. 그녀가 말했다.

"성숙, 우선 말을 배워야 할 것 같아. 네가 테크닉은 좋은데 곡 해석에는 약하다고 교수님이 말씀하시네."

하지만 성숙은 마음이 급했다. 어떻게 해서든 시험부터 붙어야 했다. 어학을 하는 대신 성숙은 잠을 줄이며 연습에 연습을 거듭했다. 어느 날 찾아온 카이가 성숙에게 한국어와 독일어를 반반 섞어 단도직입적으로 말했다.

"제발 연습 좀 그만해! 그렇게 열심히 연습한다고 나아질 줄 알아? 연습할수록 한국에서 배웠던 나쁜 습관만 더 굳어져! 더욱더 한계에 부딪힌다고! 그게 연주야? 타이핑이지! 왜 그렇게 말을 못 알아먹는지, 원!"

카이의 말에 성숙은 다시 바르르, 바르르, 떨며 눈물을 질금거렸다. 말단 공무원이던 아버지가, 악착같이 피아노에 매달리는 딸을 위해 월급을 탈탈 털어 레슨비를 내준 덕분에 성숙은 서울에 있는 대학에 들어갈 수 있었다. 피아노를 좋아하는 게 성숙 자신이 아니라 혹시 아버지가 아닐까 싶을 정도로 아버지는 온 힘을 다해 그녀를 밀어주었다. 하지만 서울에는 피아노를 잘 치고, 예쁘고, 세련되고, 돈 또한 많은 학생들이 수두룩해서 성숙은 지레 주눅이 들었다. 하지만 4년 내내 개인 레슨으로 용돈과 등록금을 버는 한편 교수님이 하라는 이런저런 잡일까지 도맡아 하며 열심히 연습한 결과 무사히 졸업할 수 있었다. 모든 게 연습 덕분이었다. 그런데 연습을 하지 말라니!

"성숙, 우선 독일어를 배우자, 응? 그래야 교수님이 설명해 주시는 곡 해석을 확실히 알아들을 수 있어. 그런 다음 열심히 연습하면 더 효과적일 거야."

둘의 눈치를 보며 카이의 어머니가 토닥토닥 성숙의 등을 두드려 주었다.

성숙은 죽어라 독일어를 공부했고, 피아노 시험에 붙었고, 아이를 가졌다. 자꾸 보면 없던 정도 생기는지 서로가 서로를 못마땅해 하는 가운데 따로 애인이 없던 그들이 카이네 어머니와 아버지가 여름휴가를 떠난 2주 동안 한집에서 함께 지내다가 일을 낸 것이다. 카이는 자신의 기숙사 방이 좁고 덥다며 어머니의 집에 와 있었고, 성숙은 카이의 어머니가 비용을 대 줄 테니 함께 여행을 가자고 했지만 미안한 마음에 사양한 터였다.

그 큰 집에서 혼자 지내기가 무서워 세수 한번 제대로 못할 것 같았던 성숙은 카이가 내심 반가웠다. 이제 독일말도 어느 정도 통하고 미움도 어느 정도 가라앉은 그녀는 그와 편한 마음으로 저녁을 먹고 와인도 한잔했다. 성숙이 피아노를 연주하자 카이가 말했다.

"전과 많이 다르네? 이제 음악 같아. 아름다워!"

술기운 때문이었을까. 성숙에게 그에 대한 예전의 열정이

다시금 차올랐고 그날 밤 둘은 그녀의 좁은 침대에서 함께 잤다.

그날 이후 카이는 성숙이 한국에서 그를 처음 보았을 때처럼 행동했다. 성숙은 카이가 다시 차가워질까 두려워 사실대로 말을 못 한 채 몇 번 정도 참으며 계속 잠자리를 했다. 하지만 어느 순간부터 그를 슬슬 피하기 시작했다. 성에 대한 구체적인 지식이 전무했던 그녀의 상상과는 달리 남자와의 잠자리는 그저 고통스러울 뿐이었다. 더불어 카이가 육체적인 만족만을 위해 자신에게 다정하게 행동하는 게 아닌가, 의심스러워지자 그가 혐오스러워지기까지 했다.

그러던 어느 날 성숙은 임신 사실을 알게 되었고, 고지식한 그녀가 바락바락 우기는 바람에 둘은 성숙의 배가 막 나오기 시작할 무렵 억지 춘향으로 결혼식을 올렸고, 대학생 부부기숙사에 신혼집을 차렸다.

하지만 부부 사이는 소원했다. 독일말로, 둘 사이의 화학작용이 맞지 않아 계속 삐걱거렸다. 예를 들어 카이는 성숙이 침대에 누워 있으면 문을 꼭 닫아 버렸다. 안에 사람이 있는데 왜 문을 닫나, 싶어 성숙은 화를 냈다. 카이는 그녀가 왜 화를 내는지 알지 못했다. 방해받지 말고 편하게 쉬라는, 배려의 차원에서 문을 닫았기 때문이었다. 카이는 뭐든 하나하나 꼼꼼하게 짚고 넘어가려고 했다. 성숙은 그냥 어깨 한번 툭, 쳐 주면 알아먹을 텐데 남자가 왜 저렇게 쪼잔하게 조목조목 따지나 싶어 몹시 불쾌해했다. 그녀는 참고 참다가 한 번씩 터지기를 반복했다. 카이는 경멸스럽다는 듯 말했다.

"말로 하면 되는데 왜 그렇게 매번 분통을 터트리지? 왜 가만있는 사람한테 싸움을 거냐고!"

가끔 한국이 그리운 성숙이 한국 노래를 듣거나 한국 드라마를 보며 눈물을 흘리기라도 할라치면 카이가 이죽거리며 비위를 상하게 했다.

"한국에 애인이라도 생긴 거야? 그가 보고 싶어서 우는 거야? 언제든 말만 해, 미련 없이 보내 줄 테니까."

그녀는 대들었다.

"나, 남자 하나만으로도 진절머리가 나. 남자 하나 때문에 사는 게 아주 지긋지긋하다고!"

시간이 지나면서 그런 식의 사소한 오해들이 하나둘 쌓이고 또 쌓였다.

팀이 태어났다. 아이를 낳자마자 그렇게 해야 빨리 회복된다는 간호사의 말에 성숙은 스스로 걸어 들어가 샤워를 했고, 아침이고 저녁이고 간호사들이 창문을 활짝활짝 열어 환기를 시키는 방에서 잠을 잤고, 미역국이 아니라 저녁에도 햄이 올려진 딱딱한 빵을 먹었다. 예년 같지 않게 더위가 일찍 찾아온 그해 5월 말, 심신이 지칠 대로 지친 성숙은 퇴원 수속을 마친 다음 팀을 품에 안고 카이의 차에 올랐다. 땡볕 아래 주차해 놓아 차 안이 마치 불가마 속 같았는데 성숙은 그게 그렇게 좋을 수가 없었다. 으……으…… 신음 소리가 절로 나왔다. 아이를 낳느라 늘어진 모든 세포와 아릿아릿 쑤시는 뼈마디에 진통제가 투입되는 것 같기도 하고, 누군가 경직된 근육이 나긋나긋해질 때까지 정성껏 마사지를 해 주는 것 같기도 했다. 엄마도 나를 낳고 뜨거운 방에서 이렇게 몸조리를 했겠지, 싶은 생각에 핑글, 눈물마저 돌았다. 뭐가 또 잘못된 건가, 싶어 칼은 운전하는 내내 연신 고개를 돌리며 짜증스레 성숙의 눈치를 살폈다.

성숙은 우선 시어머니의 집으로 갔다. 팀이 얼마나 강하게 빠는지 젖꼭지가 상해 정작 나와야 할 젖이 아닌 피가 흘러나왔다. 시어머니는 진하게 끓인 홍차를 패드에 적셔 그녀의 젖꼭지에 대 주었다.

팀은 태어나서 3주 정도부터 많이 울었다. 특히 초저녁에 울기 시작해 두 시간이고 세 시간이고 울음을 그치지 않았다. 예민한 아이인가 보다, 영리해서 그런 걸 거야, 성숙은 스스로를 위로하며 팀을 달랬다. 하지만 팀은 낮이고 밤이고 가리지 않고 점점 심하게 울어 댔다. 성숙은 잠이 모자라 정신이 나가 버릴 지경이었다. 그때마다 시어머니가 말했다.

"성숙, 아기는 무엇인가가 필요하다는 걸 전달하고 싶어서 우는 거야. 지금은 우는 방법뿐이 없으니까. 조금 지나야 다른 대화의 방법을 배우지. 웃거나, 눈을 맞추거나, 다른 소리를 내거나 하는 방법."

"아, 그렇군요!"

"엄마에게 산통이 있듯 아기도 태어난 지 3~4주 정도 되는 시기에 산통을 느끼는 경우가 있어. 아마 그래서 우는 걸 거야. 장담하건대, 팀은 아주 건강한 아기니까 별다른 이유는 없어. 아니면 혹시 지금 팀이 배고픈 게 아닐까? 아기는 배가 작아서 한 번에 많이 먹지를 못해."

"우유, 충분히 먹였어요. 트림도 시키고, 기저귀도 갈아 줬어요. 그런데 너무 불행해 보일 정도로 심하게 울어요. 두 주먹을 꼭 쥐고, 두 무릎을 오므리고, 얼굴을 새빨갛게 물들이면서 말이에요. 미쳐 버릴 것 같아요."

"그럼 팀을 한번 꼭 안아 줘 봐. 네 심장 소리가 들리도록 말이야."

"그렇게도 해 봤어요. 저번에 말해 주신 대로 세탁기 옆에다 눕혀 놓기도 했고요. 규칙적인 소리를 들으면 좀 안정이 된다고 하셨잖아요? 그런데도 울음을 안 그쳐요."

"오늘 손님이 많이 온 게 아니니까 아기가 흥분한 것도 아니고……. 배를 한번 만져 볼까? 손이나 발 말고 배를 말이야. 어른 손에 아기의 손이나 발은 차갑게 느껴지지."

"보통 때와 다르지 않아요, 무티(엄마)."

"울음소리는 어때? 평소와 다르니? 아주 작다거나, 아니면 너무 크다던가."

"아니, 비슷해요. 아, 아무래도 난 무능력한 엄마인가 봐요. 이럴 줄 몰랐어요."

"아니야, 성숙! 넌 최선을 다하고 있어. 사실 아기가 몇 시간 우는 거, 그거, 아이에게 그리 해로운 건 아냐. 3개월이 넘도록 우는 아기들도 많거든. 하지만 조금 지나면 언제 그랬냐는 듯 저절로 좋아지지. 그러니까 걱정하지 마. 우리 아기가 조금 많이 우는 아이인가 보다, 생각해."

"모르겠어요. 지금 나 너무 힘들어요, 무티."

성숙이 기진한 목소리로 말하자 시어머니가 화장실에서 마사지 오일을 손에 들고 왔다.

"성숙, 내가 해 볼 테니까 넌 다른 방에 가 있어. 가서 팀의 울음소리가 안 들리도록 문을 꼭 닫아. 그런 다음에 아기 낳기 전에 연습했던 대로 코로 숨을 들이쉬고, 입으로 조용히 내쉬어. 조용한 음악을 반복해서 들으면서 말이야. 알았지? 그러고 나면 아기 돌볼 힘이 다시 생길 거야."

하지만 성숙은 그렇게 하지 않고 시어머니가 하는 걸 지켜보았다. 우리 팀, 우느라 수고가 아주 많구나. 조금만 기다리렴. 이 할머니가 배를 좀 만져 줄게. 아이고 우리 팀, 점점 더 잘 우네. 네 엄마 쩔쩔매라고 더 잘 울어,라며 시어머니가 온몸을 빨갛게 물들인 채 바락바락 우는 팀의 윗옷을 배꼽 위로 끌어올렸다. 팀의 배 위에다 오일을 바른 다음 손바닥을 시계 방향으로 돌리면서 부드럽게 쓰다듬었다.

"가스가 찼을 수 있어. 젖이 잘 안 나와서 우유를 먹이는 바람에 변비가 생겼을 수도 있고 말이야. 이렇게 해 주면 좋아지는 경우가 있어."

시어머니가 팀의 배를 참을성 있게 쓰다듬으며 말했다. 작고 여리지만 완전한 존재인 아기에게 시어머니는 부드러운 마사지로 당신의 사랑과 존중을 전달했다. 시어머니의 손이 약손인지 어느 순간 팀은 울음을 그치고 스르륵 잠이 들었다.

시어머니의 말대로 팀은 8주 정도가 되자 우는 게 아닌 웃는 방법으로 모두와 대화하기 시작했다. 카이는 수업이 끝나는 대로 시어머니의 집에 들러 저녁을 함께 먹은 다음 팀을 잠시 안아 주다가 부부기숙사로 돌아갔다. 시어머니가 내내 팀을 돌봐 준 덕분에 그녀 또한 공부를 마칠 수 있었다.

시어머니는 하나뿐인 아들과 성숙 사이에서 마음고생이 많았다. 하지만 내색하지 않았고 언제나 성숙의 편에 서 주었다. 카이가 8년 전에 방을 구해 나갔을 때 분을 참지 못한 성숙이 바르르, 바르르, 떨며 팀과 카이가 만나지 못하게끔 하자 시어머니가 조심스레 말했다.

"성숙, 네가 원한다면 그렇게 하렴. 내가 카이에게 잘 말해 놓을 테니까. 네가 마음을 열고 팀을 카이에게 보내 줄 때까지 기다리라고 말이야. 괜찮아, 화가 날 때는 화를 내야지!"

성숙은 시어머니에게 가는 내내 생각한다. 자신의 마음속에 자리한 사랑이나 열정이 어디에서 시작해 어디로 향하는지 본다면 이렇게 될 거라고.

엄마 → 아버지 → 피아노 → 카이 → 시어머니 → 잠시 카이 → 팀

그녀의 모든 사랑과 열정의 출발점은 엄마였다. 아버지와 피아노, 카이와 시어머니, 팀은 모두 그녀에게 엄마와 다름없었다.

정갈한 검은색 원피스 위에 카디건을 두르고 백발의 머리를

깔끔하게 매만진 시어머니가 현관 앞에 서서 성숙을 기다리고 있다. 누군가 앞줄에 서 있는 사람의 헌신 덕분에 지금 모두들 안온한 생활을 하고 있다는 말 그대로 성숙은 시어머니 덕분에 지금이 편안하다.

"무티, 예뻐요!"

엄마가 살아 있으면 저 나이겠지, 생각하며 성숙은 시어머니에게 칭찬한다. 전혀 다르게 생겼지만 시어머니는 자신의 엄마와 많이 닮았다. 예쁘다. 요즘 성숙은 깔끔하게 차려입은 예쁜 할머니들을 볼 때마다 나도 저렇게 곱게 늙어야지, 생각하고는 한다. 그녀는 시어머니를 카이가 부르는 대로 '무티'라고 부른다.

"다 네 덕분이지. 네가 함께 쇼핑해 주고, 옷도 골라 주고, 화장품도 사다 주어서 또래 할머니들 사이에서 내가 제일 젊고 세련돼 보여. 특히 한국에서 네가 사다 준 스카프를 두르거나 가방을 들고 다니면 사람들이 너무나 부러워하지. 당케, 성숙!"

"이히 리베 디히, 무티!"

자신도 모르는 사이 성숙의 입에서 사랑한다는 말이 흘러나온다.

"이히 리베 디히 아우흐, 성숙!"

성숙은 시어머니의 손을 잡고 길을 따라 걷는다. 이런저런 이야기를 나누며 장례식을 주관하는 교회 안으로 들어간다. 교회 한쪽에 장례식을 치르고 난 뒤에 제공될 스프가 데워지고 있고 크림 없는 소보로 빵과 햄과 치즈가 얹힌 브로첸이 정갈하게 차려져 있다. 언젠가는 시어머니의 장례식에 참석하러 이 교회에 들어서게 되겠지? 생각하는 순간 성숙은 콧등이 시큰해진다. 무티의 손을 꽉 잡는다.

"하인츠가 불쌍해. 너도 알다시피 위암 때문에 위를 잘라 냈잖니?"

"네, 그랬지요."

"잘라 낸 이후에 하인츠의 위가 음식을 받아들이지 않았어. 가엽게도 2주일 동안 쫄쫄 굶다가 저세상으로 갔지. 굶는 와중에도 하인츠는 아내의 부축을 받으며 날 찾아왔어. 점잖게 작별 인사를 하고 갔지. 앞으로 많이 보고 싶을 거야……."

"아…… 네."

찬바람 불어도 꽃은 피네

카이는 정오가 되어서야 잠에서 깨어난다. 창문을 활짝 연다. 햇살이 있어 따스하겠거니 생각했던 것과 달리 밖이 쌀쌀하다.

그는 어제저녁, 출장에서 돌아왔다. 늦었지만 회사에 들러 보고를 한 다음 밤이 늦어서야 집에 왔다. 더운 곳에서 일주일 정도 지내다가 쌀쌀한 곳으로 와서인지 몹시 피곤해 지금까지 정신없이 잤다.

성숙에게서 전화가 온다. 자신의 집에 오라고, 엄마와 함께 저녁을 먹자고, 잡채와 겉절이를 해 놓겠다고 한다.

"오케이!"

일주일 내내 낯선 사람들과 입에 안 맞는 음식을 사무적으로 먹었던 그는 흔쾌히 답한다. 이틀 전은 출장 중 최악의 날이었다. 상대 회사의 사장이 최고의 손님 대접이라며 그를 집으로 초대했다. 둥근 식탁에 네 명이 둘러앉았다. 사장이 몸소 먹는 방법을 보여 주었다. 너덜너덜하게 보여 마치 오래쓴 걸레처럼 보이는 갈색 밀가루 반죽 위에다 사장이 이런저런 소를 집어넣은 다음 검은 손가락으로 한참 동안 조몰락조몰락거렸다. 카이는 사장이 하는 대로 똑같이 따라 했다. 그걸 먹어야 한다는 생각에 비위가 좀 상했지만 거기까지는 괜찮았다. 문제는, 각자가 만든 것을 각자의 옆에 앉은 사람의 입에 쏙, 넣어 주는 게 그곳의 예의라는 것이었다. 사장은 자신의 검은 손가락으로 완성한 것을 바로 옆에 앉은 카이의 입속에 쏙, 넣어 주었다. 카이는 아무런 내색도 못 한 채 독주와 함께 입속의 그것을 꿀—꺽— 삼켜 버렸다. 목울대가 크게 움직이며 글자 그대로 꿀—꺽— 소리가 났다. 사장이 정이 많아 몇 개를 직접 더 싸서 입에 넣어 주겠다는 걸 기분 나쁘지 않도록 눈치껏 말리느라 그는 애를 많이 먹었다.

어떤 나라에서는 그를 유혹한답시고 묘령의 여자가 손가락으로 너무나 열심히 콧구멍을 후비는 낯 뜨거운 행위를 일삼았고, 어떤 나라에서는 손님 접대용 특별 요리라며 말 불알 요리를 해 주었으며, 어떤 나라에서는 추위를 이기기 위해 먹어야 한다며 보드카와 기름을 반반 섞어 유리컵에 담아 주었다. 아, 출장!

이제 나이가 있어 카이는 출장을 다니는 게 힘들다. 제3세계로의 출장이 있을 때마다 두루마리 휴지와 인스턴트 스프 먼저 가방에 챙기는 것 또한 귀찮다. 젊었을 때보다 횟수가 많이 줄기는 했지만 여전히 이곳저곳으로 출장을 다니기에 그는 늘 피곤하다. 그럼에도 나이 때문인지 배가 나오고 살이 찐다.

다시 잠이 들었다가 깬다. 오후 4시 30분이다. 늘어지게 기지개를 켜며 일어난다. 세수를 한다.

그는 일부러 걷는다. 성숙의 집까지 30분 정도 걸릴 것이다. 조금 전과 달리 기온이 오른 탓도 있지만 불규칙한 식사에, 운동 부족에, 만성피로까지 겹쳐 컨디션이 말이 아닌지 조금밖에 걷지 않았는데 얼굴이 달아오르고 이마와 등허리에서 땀이 줄줄 흘러내린다.

그는 성숙보다 한 살이 적다. 10년 전에 아버지가 심장마비로 갑자기 돌아가셨는데 채 60이 되지 않아서였다. 그도 요즘 가끔 가슴이 갑갑해질 때가 있는데 그럴 때마다 더럭 겁이 난다. 서서히 건강을 챙겨야 할 나이인가 보다.

걷다 보니 평소에 눈에 들어오지 않던 광경이 보인다. 계단을 오르는데 할아버지가 할머니의 뒤에 서서 손으로 할머니의 등을 받쳐 주고 밀어 준다. 계단을 천천히 다 올라간 다음에는 마치 젊은 연인처럼 손을 꼭 잡고 걸어간다. 아버지가 살아 있으면 엄마와 저런 정겨운 모습을 보이려나, 나는 앞으로 누구랑 저런 정겨운 모습을 보이며 살아가려나, 생각한다. 성숙? 뭐, 그럴지도…….

그가 본 성숙의 첫인상은 말이 없어서 답답하지만 섬세하고 착한 여자,였다. 한참 한국과 한국 음식, 특히나 한국 여자에게 관심이 쏠리던 때라 카이는 그때 어떤 여자에게나 잘해 주었다. 영화를 함께 보러 가고, 함께 점심이나 저녁을 먹고, 산에 오르거나 강가를 거닐었다. 그냥 그랬을 뿐이었다. 아무도 배웅해 주는 사람이 없는 자신을 위해 공항까지 나와 주었기에 너무나 고마워 감사의 편지를 보냈고, 그녀는 편지를 받아 너무 행복하다는 답장을 보내 왔다. 그냥 그랬을 뿐이었다. 그녀가 자신을 쫓아 독일까지 오리라고는 상상조차 못 했다. 평소에 말도 없던 여자 아닌가!

자신의 앞에 커다란 가방을 들고 서 있는 그녀를 보자 그의 입에서 헉! 소리가 절로 튀어나왔다. 난감했다. 난감해하는 그를 바라보며 그녀 또한 얼마나 난감했을까, 싶어 그는 이제야 조금 미안하다. 그녀가 불행해지기를 바라며 그동안 얼마나 많은 악담을 퍼부었던가, 싶어 또한 미안하기도 하다. 하지만 그건 그녀가 싫어서가 아니라 충족되지 않는 에로스의 또 다른 얼굴인 공격성에 기인한 악담이었기에, 부부로서의 최소한의 의무를 그녀가 백 퍼센트 방기하는 것으로 한 남자의 정서를 피폐하게 만든 탓이었기에 조금 덜 미안하다.

예전에 그녀는 아무런 말 없이 바르르, 바르르, 떨며 눈물을 줄줄 흘리곤 했는데 그럴 때마다 카이는 뭐야, 뭐가 또 못마땅한 거야, 싶어 답답하고 짜증이 났지만 이제 나이가 있어서인지 성숙은 요즘 말이 제법 많아졌다. 그에게 지지 않으려고 독한 말을 내뱉던 그녀가 이제는 순하게 빙글 웃고 만다. 그런 그녀가 귀엽다.

팀이 8학년이 되던 해의 일이 떠오른다. 성적이 갑자기 떨어져 선생님에게서 호출이 왔다며 성숙이 전화를 했다. 둘은 학교에 함께 찾아갔다. 가는 길에 그녀가 울상을 지으며 말했다.

"내가 잘못했나 봐. 아무래도 팀을 잘못 키운 거 같아."

"아니야. 당신 잘못이 아니야. 팀의 성적이 떨어진 건 아주 간단한 이유 때문이야. 팀이 공부에 소홀해서 그런 거라고. 뭐, 그럴 나이지!"

"……."

"내가 티브이에서 봤는데, 다섯 마리 새끼가 어미가 물어다 주는 먹이를 열심히 받아먹었어. 그중에서 네 마리가 커서 둥지를 떠났지. 한 마리는 계속 남아 어미가 먹이를 물어다 주기를 바랐어. 그 녀석마저도 제 갈 길을 가게끔 어미는 입에 먹이를 문 채 둥지 밖에서 날갯짓을 하며 유인했는데 그 녀석은 좀처럼 둥지에서 나오지 않았지. 그런 거야. 부모가 자식을 잘못 키우는 게 아니라 그런 성정으로 태어나는 자식이 있는 거라고. 그러니까 괜히 자신에게 책임을 돌리지 마, 알았지?"

카이도 선생님에게 불려 가는 터라 기분이 썩 좋지는 않았지만 성숙이 금방이라도 울 것 같아 부드럽게 말했다. 의외의 대답이었던지 그녀가 그를 쳐다보며 눈을 껌뻑거렸다. 고마워, 그렇게 말해 줘서 진짜 고마워, 들릴 듯 말 듯 나지막이 말했다.

둘은 선생님과 마주 앉았다.

"혹시 요즘 집에 무슨 일 있나요? 갑자기 성적이 떨어지는 데엔 다 이유가 있지요."

성숙과 나이가 비슷해 보이는 여자 선생님이 파랗고 커다란 눈을 깜빡이며 물었다. 성숙과 나이가 비슷해 보이지만 적어도 그녀는 5~6살 정도 아래일 것이다. 동양인은 피부도 그렇지만 얼굴이 동글동글하고 머리색도 까매 또래의 독일 여자들보다 훨씬 젊어 보인다. 카이의 눈에 성숙은 또래의 한국 여자들 중에서도 젊어 보인다. 레슨을 다니고, 가끔 반주를 해 주기 위해 교회에 가고, 아주 가끔 작은 연주회를 여는 그녀는 화장을 꼼꼼히 하고 옷도 신경 써서 입는다. 선생님의 질문에 성숙이 당황해 얼른 그의 얼굴을 쳐다보았다.

"아닙니다. 집에는 별일 없습니다. 한참 산만할 나이라 그런 게 아닐까 싶습니다만⋯⋯."

"그렇지요. 호르몬 작용이 한창일 때지요. 팀, 수업 참여도가 낮긴 하지만 성적이 많이 나쁜 상태는 아니에요. 갑자기 성적이 떨어졌기에 그저 예방 차원에서 연락드린 겁니다."

"네, 잘 알겠습니다. 감사합니다. 앞으로 저희가 팀에게 많은 관심을 갖도록 노력하겠어요. 팀도 분발할 테니 믿어 주세요, 선생님."

"그럼요. 믿지요. 저도 팀을 더 눈여겨보겠습니다. 와 주셔서 감사합니다."

몇 마디 말이 오가자 처음의 긴장이 사라져 한층 마음이 놓이는지 성숙이 미소를 지으며 여선생님에게 말했다.

"선생님, 눈이 참 예쁘시네요."

카이 옆에 주눅이 든 얼굴로 앉아 아무 말도 않던 성숙이 칭찬까지 해 주자 선생님이 활짝 웃으며 대답했다.

"안 그래도 제가 말씀드리려던 참이었어요. 카이 나이를 생각하면 저보다 연배가 분명 높을 텐데, 어쩜 그리 소녀 같으신지. 가방도 세련되고 예뻐요. 한국 거겠죠?"

"네, 맞아요. 화장품 살 때 증정품으로 받았어요."

"그래요?"

"네, 한국에서는 하나를 사면 두세 개의 증정품을 주기도 하지요."

"와, 대박!"

"이 가방, 마음에 드세요?"

"네. 실용적이면서도 세련돼 보여요. 아니, 한국 건 다 좋아 보여요!"

"다 좋은 건 아니고, 디자인과 색감이 독일과 달라 눈에 띄는 거겠지요. 괜찮으시다면 이 가방, 선생님께 드릴까요? 전집에 또 있거든요."

그렇게 말하며 성숙은 가방 속의 물건들을 주섬주섬 꺼내 다른 봉지에 넣었다. 선생님이 말릴 겨를도 없이.

"어머. 오늘 횡재했네요. 잘 쓰겠습니다."

"횡재는 무슨요. 쓰던 거라 죄송하네요."

나중에 집에 한번 초대를 하겠다느니, 그러지 말고 편하게 카페에서 만나자느니, 여자들은 삼천포로 빠져 끝없는 수다를 떨었다. 여자들이란 참……. 그래, 그게 여자들의 힘이지, 인정해, 카이는 생각했다.

그날 카이는 성숙을 그녀의 집 앞에 내려 주었다. 젠틀맨처럼 밖에서 차문을 열어 주는 그에게 그녀가 고마워,라고 말하며 살짝 안았다. 오늘 아빠로서 수고 많았어,라는 뜻인지 그의 등을 몇 번 토닥거려 주기도 했다. 우리는 여자 대 남자로 만났다가, 남편 대 아내가 되었다가, 이제 인간 대 인간이 돼 버린 걸까, 그녀의 토닥거림에 카이는 인간적인 감동을 받았다.

카이는 차에 올라 시동을 걸었다. 그녀가 손을 흔들었다. 그도 창문을 내리고 손을 뻗어 그녀에게 손을 흔들어 주었다. 그녀가 젊고 섹시해 보였다.

어느 날은 그녀가 수학 문제를 들고 그를 찾아왔다. 팀네 학교에서 엄마들의 수학 경시대회를 여는데 팀이 성숙의 의견을 물어보지도 않고 신청해 버렸다는 것이다. 그녀는 한국에서도 수학을 가장 못했다고, 더군다나 독일에서는 수학 문제를 푸는 방식이 한국과 완전 다르다며 울상을 지었다. 수학을 전공한 사람들은 신청자에서 제외돼 그나마 다행이라며 안도의 숨을 내쉬기도 했는데 그런 그녀가 귀여웠다. 여자 냄새가 났다. 인간 대 인간에서 우리는 다시 남자 대 여자로 갈 수 있을까? 그는 차분히 수학 문제를 풀어 주며 생각했다.

그녀는 팀의 체면을 지켜 주기 위해 열심히 수학 문제를 풀었고, 2등을 했고, 상금까지 받았다. 그리고 카이와 팀과 시어머니를 멋진 레스토랑으로 초대했다.

가끔 성숙이 피아노를 연주할 때면 예전과 달리 감동이 느껴졌다. 예전에는 그저 틀리지 않고 타자를 치는 것처럼 느껴졌지만 이제는 음악에의 사랑과 연륜이 느껴졌다. 까만 민소매 원피스를 입고 연주하는 모습 또한 우아했다.

상대도 상대지만 자신의 기분이나 처지에 따라 호감과 사랑의 강도가 달라지는 게 아닐까, 생각하며 그는 계속 걷는다. 예전과 달리 요즘 그는 퇴근할 때나 출장에서 돌아왔을 때 자신의 집이 아닌 엄마의 집이나 성숙의 집으로 퇴근하고 싶다. 자주 그렇게 한다.

이상기온인지 예년의 4월 말과 달리 날이 무척 덥다. 머지않아 그리스는 사막화될 것이고, 독일은 사막화 이전의 그리스를 닮아가 세계인들의 휴양지가 될 것이라는 말이 회자되는 요즘이었다.

성숙은 부엌에서 음식을 만들고 있다. 돌아보니 엄마는 거실의 소파에 누워 잠을 자고 있다. 땀에 젖어 촉촉한 성숙의 어깨 위로 까만 머리카락 몇 가닥이 흘러내려 와 있다. 창문을 통해 간간이 들어오는 바람에 민소매 티셔츠가 하늘거린다. 그릇을 꺼내기 위해 그녀가 상체를 구부리자 가슴 곡선이 도드라진다. 그는 그녀에게 다가가 살짝 안으며 하이, 인사한다. 마음 같아서는 그녀의 어깨에 입술을 대고 싶다. 위아래로 입술을 움직여 어깨 위로 흘러내린 그녀의 머리카락을 한 가닥 한 가닥씩 물어 가지런하게 만들어 주고 싶다. 더운 여름, 풀장 옆에서 찔끔찔끔 발을 적시다가 더 이상 못 참고 풍덩 뛰어들듯 그렇게 애무하다가 그녀를 와락 껴안고 싶다. 지금의 마음 같아서는…….

"하이!"

"팀은?"

"도서관에 갔어. 곧 올 거야. 배고파?"

"응. 무지."

청바지의 앞부분이 팽팽해지는 걸 느끼며 카이가 대답한다. 엄마가 깨어난다. 카이는 성숙을 도와 상을 차린다.

"무티, 입맛이 없더라도 좀 드세요."

성숙이 엄마 앞에다 음식을 덜어 주며 말한다. 하인츠의 장례식에 다녀온 후 내내 쓸쓸하고 기운이 없어 보이던 무티가 젓가락으로 잡채를 집어 먹으며 맛있구나, 말한다. 성숙이 덜어 준 걸 꼭꼭 씹어서 다 먹는다.

"브라보! 무티가 다 드셨네! 내일 날씨, 엄청 좋겠는걸?"

성숙이 손뼉을 짝짝 치며 엄마가 아기에게 말하듯 말한다. 무티가 웃는다. 카이는 잡채와 겉절이를 번갈아 먹는다. 맛있다며 연신 엄지를 추켜올린다.

성숙은 저녁을 먹고 소파에 앉아 티브이를 보는 시어머니와 남편을 바라본다. 지금 보니 둘이 많이 닮았다. 성숙은 소리 없이 찾아와 준 오늘의 평화가 참 감사하다. 생각해 보면 아버지 덕분이기도 하다. 아버지는 가끔 책을 보내 주었는데 그중에서 법륜스님의 『깨달음』이라는 책을 읽다 펑펑 운 적이 있다. 카이가 집에서 나간 지 3년 정도 되는 때였다. 특별할 것 없는 문장에 그녀는 흐르는 눈물을 주체할 수가 없었다.

나는 길가에 핀 풀 한 포기와 같다.

자신이 별 게 아닌 줄 알면 상처받을 일이 없다.

특별한 존재라고 착각하기 때문에 인생이 괴롭고,

그 때문에 결국 특별하지 못한 존재가 되어 버린다.

그날 성숙은 동네 언덕에 올라 오래도록 음악을 들으며, 바람을 타고 우아하게 몸을 움직이는 가을 숲을 내려다보았다. 비발디의 〈사계〉 중에서 감미로운 선율이 흐르는 겨울 2악장에 짧은 시를 붙인 크로스오버 가요를 그녀는 무한반복으로 들었다. 이빨이 딱딱 부딪칠 정도로 추운 겨울에 아늑하고 평화로운 집 난롯가를 연상시키는 라르고의 선율이 마치 주인 품에서 한껏 늘어져 있는 고양이 등 같다가 곧 먹이를 쫓는 표범 등처럼 모습을 바꾸며 유연하고도 유장한 실루엣으로 바람을 타는 가을 숲과 너무나 잘 어우러졌다. 이 가요를 만든 사람은 분명 아픔과 고통을 잘 아는 사람일 거야, 성숙은 음악을 들으며 생각했다. 사랑이란 아무나 할 수 있는 게 아닌가 봐요…… 사랑하는 마음도 함께 가져갈 수는 없나요…… 아무 일도 없던 것처럼 돌아올 수는 없나요……라는 가사가 흘러나오는 부분에서는 눈물이 그녀의 볼을 타고 하염없이 흘러내렸다. 이제는 얼굴도 잘 기억나지 않는 엄마의 따뜻한 손길이 음악을 타고 몸 구석구석으로 스며들어 부드럽게 어루만져 주는 듯했다.

그날 그녀는 서른 번도 넘게 그 노래를 듣고 나서야 바람을 타는 숲처럼은 아니더라도 마음이 다소 유연해져 언덕을 내려왔다. 최소한의 레슨만을 하며 팀을 키울 수 있도록 군소리 없이 생활비를 보내 준 카이가 그제야 고마웠다. 에로

스가 아닌 사랑에 대한 욕망이 채워지지 않아 원망을 일삼은 자신이 그제야 부끄러웠다. 내가 밉고 싫기도 했겠지만 하루하루 견디다 결국 서로에게 더 큰 상처만을 남길 것 같아 그가 방을 구해 나간 것일지도 몰라,라는 데까지 생각이 미치자 떠나 버린 그에게 시원해, 손톱 밑에 낀 가시를 빼낸 것처럼 시원하다구,라는 독설을 내뱉던 날들이 떠올라 너무나 미안했다. 사실 그때 그녀는 가시를 빼낸 시원함보다 빼내기 위해 헤집어 놓은 상처가 너무나 고통스러웠다. 자신에게 쏟아지는 주위의 시선이 호호 불어 주지 않고 무턱대고 부어 대는 소독약처럼 따갑기만 했다.

딩동, 소리와 함께 팀이 도서실에서 돌아온다.

"팀, 아빠가 누차 말했듯 공부만이 공부가 아니야. 친구들과 만나서 노는 것도 공부니까 명심하기를! 참, 결혼은 어떻게 됐어?"

카이가 성숙의 눈치를 살피면서도 빙글빙글 웃으며 묻는다. 그런 카이를 바라보다 성숙은 문득 미안해진다. 생각해 보면 자신이 독일에 처음 왔을 때 카이는 지금의 팀보다 2살 정도 많은 나이였다.

"아빠처럼 중년이 되면 남자들은 오직 젊은 여자에게만 관심이 가는데, 너처럼 10~20대 남자들은 모든 여자에게 관심이 있지. 참 좋은 시절이야. 선택의 여지가 광범위하니까. 부럽다, 아들!"

"그럼 나나 무티도 아직 희망이 있다는 소리네? 10대나 20대의 남자들이 우리에게도 관심을 가질 수 있다는 말이잖아?"

"우웩, 엄마. 엽기야!"

팀이 헛구역질을 하며 할머니 옆으로 다가간다.

"할머니, 나 배고파. 엄마가 한 거 먹기 싫고 피자가 먹고 싶어. 잘 모르나 본데, 공부할 때는 원래 그런 거야! 그러니까 빨리 용돈 좀 줘. 아, 저기 저 가방 속에 할머니 지갑이 들어 있지? 할머니 힘드니까 내가 가서 알아서 돈을 꺼내 올게, 오케이? 크크크."

팀이 능글맞게 말하며 할머니의 볼에다 뽀뽀한다. "이히 리베 디히, 오미(할머니)!"라고 덧붙인다.

"이히 리베 디히 아우흐, 팀!"

표시는 않지만 하인츠 때문에 계속 마음이 아픈 시어머니가 희미하게 웃는다.

"팀, 이왕 꺼내는 거 많이 꺼내 오렴. 이 아빠도 갑자기 배가 고파지는구나. 잘 모르나 본데, 회사 다니고 출장 잦은 사람은 원래 그런 거야. 크크크."

카이가 집에 돌아갈 생각을 않고 소파에 길게 몸을 눕히며 말한다. 그러고는 옆에 앉은 무티의 허벅지 위에다 두 다리를 올려놓으며 '이히 리베 디히, 무티!'라고 말한다. '이히 리베 디히 아우흐, 카이!' 무티가 카이의 다리를 손으로 쓰다듬으며 다시 희미하게 웃는다. 언제나처럼 단정하고, 따뜻한 표정으로 웃는다. 아버지가 보내 준 어떤 시집에서 읽었듯 무티는 이런저런 틈을 메워 주는 꽃단추 같다.

　　무덤가에 찬바람 든다고, 꽃이 핀다
　　용케 제 구멍 위로 쑤욱 고개를 내민 민들레
　　지상과 지하, 틈이 벌어지지 않게
　　흔들리는 실뿌리 야무지게 채워 놓았다[*]

---

[*] 손택수, 「꽃단추」, 『나무의 수사학』(실천문학사, 2010)

날 위해 불편해 줘

'팀, 일어나~'

레나가 팀을 깨운다. 번쩍, 팀의 눈이 떠진다. 매일 알람을 맞춰 놓았지만 오늘처럼 성공적인 기상은 없다. 수학 문제를 풀어 답을 맞춰야 꺼지는 알람도 있었고, 뭐니 뭐니 해도 눈을 번쩍 뜨게 하는 건 역시 엄마라고 해 '팀, 얼른 일어나!'라는 엄마의 목소리를 녹음해 놓은 알람도 있었으며, 커다란 종이 두 개 달린 자명종 알람도 있었지만 별 도움이 되지 않았는데 '레나 알람'은 역시 다르다.

그는 게슴츠레한 눈으로 레나를 찾는다. 하지만 보이지 않는다. 아, 꿈이었어, 그는 중얼거린다. 어슬렁어슬렁 걸어 욕실로 간다. 2주 넘게 도서관에서 공부하며 레나를 기다렸지만 나타나지 않았다. 문자를 몇 번 주고받긴 했다. 난 집에서 공부하고 있어, 우리 시험 보는 날 만나자, 레나가 며칠 전에 마지막으로 문자를 보냈다. 오늘 팀은 독일어 시험이 있다.

팀은 오랜만에 학교에 도착한다. 수업에 빠지지 않았다면, 수업에 빠졌어도 친구들의 노트를 복사해 꼼꼼히 읽었다면, 그리고 2주 정도 정신 바짝 차리고 그동안 수업받은 내용을 다시 검토했다면 그리 겁낼 필요는 없다. 팀은 다른 과목과 달리 독일어 시험은 좀 자신이 있다. 하지만 시험은 시험이라 긴장을 늦출 수 없다.

팀은 시험을 보는 교실에 들어선다. 후배들이 고맙게도 수험생들보다 먼저 학교에 와 빵과 커피와 음료수를 준비해 놓았다. 입맛이 없지만 성의를 생각해 햄을 얹은 빵 하나를 먹는다. 커피도 한 잔 마신다. 당케,라고 말한다. 디스코텍에서 밤을 꼬박 새운 다음 빈속에 차가운 맥주를 마시던 얼마 전의 일이 마치 1년 전의 일처럼 아득하게 느껴진다.

팀은 맨 끝자리에 앉는다. 팀의 가방 속에는 초콜릿과 비스킷, 그리고 물이 들어 있다. 늘 그랬듯 이번에도 시험 보는 동안 먹고 마실 수 있다. 초콜릿 먹으면서 공부한 건 초콜릿을 먹어야 기억나고, 비스킷 먹으면서 외운 건 비스킷을 먹어야 떠오르기 때문이다. 단, 먹을 때 부스럭거리는 소리가 나지 않아야 한다.

책상 하나에 수험생이 한 명씩 앉는다. 레나가 들어온다. 평소처럼 앞쪽에 앉는다. 팀이 손을 들어 반긴다. 레나가 웃으며 눈을 찡긋한다. 레나 바로 뒤에 칼이 나타난다. 하이, 인사하며 팀 바로 옆 책상에 앉는다.

"팀, 오른손잡이지?"

칼이 뜬금없이 묻는다.

"응."

"답 적다가 오른손 검지나 부러지렴!"

"고마워! 1분 후에 급성 눈병에나 걸리렴!"

그들은 악담을 주고받으며 킬킬댄다.

선생님 두 명이 들어온다. 학생들과 짧게 인사를 나눈다. 수험생 한 명 한 명에게 두 가지 종류의 시험지를 나누어 준다. 시험문제를 읽고 답하는 시간은 총 270분이다.

팀은 얼른 시험지를 훑어본다. 두 가지 중 하나를 택한 다음 나머지는 선생님에게 돌려준다. 창밖으로 고개를 돌려 회색빛 하늘을 쳐다본다. 하늘 저 높은 곳에 있는 누군가가 자신의 전지전능한 힘으로 한 번만 도와주었으면, 하는 염치없는 생각이 문득 든다. 팀은 심호흡을 하며 자신이 선택한 문제를 다시 한 번 꼼꼼히 읽는다.

1. 작가가 자신의 입장을 어떠한 논지와 언어적 수단으로 전개해 나가는지 분석하시오.

2. 분석을 바탕으로 독일어가 구조될 필요성이 있는지에 대해 상세히 논하시오.

독일의 언어학자이자 문화학 교수인 토마스 슈타인펠트 (Thomas Steinfeld)가 천박해지고 있는 독일어를 '원숭이가 말하는 독일어' 즉 '침팬지 언어'라고 칭하며 독일 국민에게 경종을 울린 글이 다음 장에 길게 적혀 있다. 기차역에 '안내'라고 독일어로 써 놓으면 모든 독일 국민이 알아보는데 왜 굳이 '서비스 포인트'라고 적어놓는가, 어색한 혼성어는 왜 그리 많은가, 2격, 또는 목적어는 다 어디로 갔는가,라며 그는 통탄을 금치 못했다.

수업시간에 그의 논지를 처음 접했을 때 팀은 뭐 그리 과격하게 말하나, 우리가 지금 원숭이 또는 침팬지처럼 손짓과 발짓, 그리고 소리만으로 의사를 표현하거나 알아듣는 게 아니지 않는가,라는 생각과 동시에 어렸을 때의 일이 생각났다.

엄마의 말에 따르면 팀은 어렸을 때 독일 사람을 보면 독일말을 하고, 한국 사람을 만나면 한국말을 했다고 한다. 혼란이 있기는 했다. 예를 들어 'spielen(슈필런: 놀다)'이라는 동사의 현재완료형은 'ge+동사의 원형(spiel: 놀이)+t'의 형태로 쓰이기에 'gespielt(게스필트: 놀았다)'가 되는데 어느 날 화장실에서 똥을 눈 팀이 한국어와 독일어를 섞어 엄마에게 소리쳤다.

"마마, 나, 게똥트(ge+똥+t)!"

누가 따로 가르쳐 주지 않았지만 자연적으로 문법 규칙을 알아챈 그가 슈타인펠트의 표현을 빌리자면 침팬지 언어를 사용한 것이었다. 그는 독일어 수업시간에 게똥트,라는 우스갯소리를 예로 들며 글로벌 시대에 퓨전 가족과 퓨전 단어, 퓨전 음식 등은 세계적인 경향이라고 주장해 졸고 있던 친구들의 귀를 잠깐 즐겁게 해 주었다. 다른 인종이 만나서 아이를 낳으면 우성인자 덕분에 자신처럼 키가 크고 튼튼한 2세가 태어난다, 그렇기에 혼성이 무조건 나쁘다고 보는 건 옳은 생각이 아니다, 다문화 가정의 이혼율은 독일인 가정보다 오히려 낮은데 서로의 문화가 틀린 게 아니라 다르다는 걸 서로 인정해 주기 때문이다, 독일어에는 우수한 자정능력이 있기에 딱히 독일어가 구조될 필요성까지는 없다고 본다,라고 자신의 주장을 계속해서 펼쳐 나갔다. 쟤가 오늘 웬일이냐, 싶던지 친구들이 졸린 눈을 비비며 그를 쳐다보았다.

팀은 시험지 위에 시험 날짜와 시간, 이름을 적은 다음 시험의 룰에 따라 우선 저자의 주장부터 요약해 놓는다. 저자의 논지를 분석하며 자신의 요지 또한 적어 나간다. 틈틈이 앞에 앉은 레나를 쳐다본다. 뒤도 돌아보지 않고 열심히 시험지를 채워 나가던 레나가 가끔 뒤를 돌아본다. 팀을 향해 브이자를 그린다. 그럴 때마다 팀은 검지로 코밑을 추켜올려 돼지코를 만들어 보인다. 레나가 웃는다. 팀은 칼을 바라본다. 다리를 달달 떨며 시험지 위로 볼펜을 굴리던 칼이 팀의 눈길을 의식하고는 씨익 웃는다.

팀은 주위의 다른 아이들을 쳐다본다. 가끔 그랬듯 이번에도 간이 큰 여자아이가 선생님 몰래 커닝하고 있다. 허벅지까지 치마를 끌어 올린 다음 거기에 적어 둔 걸 시험지에 옮겨 쓴다. 많이 적을 수 있는 자신의 굵은 허벅지가 지금처럼 감사한 적은 없을 것이다. 혹시라도 들키면 6점을 받아 바로 낙제한다. 6점, 그건 커닝하는 사람이나 커닝을 도와주는 사람 모두에게 적용된다. 예전에 어떤 아이는 과감하게도 시험장에 가지고 들어온 물병의 상표 위에다 커닝페이퍼를 붙여 놓고 문제를 풀다가 걸린 적도 있다.

팀은 가끔 어깨를 올렸다 내렸다, 고개를 앞으로 또 옆으로 돌리며 경직된 근육을 푼다. 그렇게 스물한 장을 써 내려간다. 레나와 칼이 시험지에 코를 박고 있는 모습이 보인다.

팀은 자신이 쓴 것을 다시 한 번 읽어 보고 틀린 글자를 수정한 다음 자리에서 일어난다. 독일어가 내게 모국어가 되고, 말을 잘하지 못하고 어려운 단어가 들어가면 이해하기 어렵지만 한국 사람이 천천히 이야기하면 거의 다 알아듣는 것으로 나의 이중 언어가 자리를 잡아 갔듯 독일어 또한 시행착오를 거치며 서서히 제자리를 잡아 나갈 것이다, 그렇기에 독일어를 구조하기 위한 특별조치까지는 필요하지 않아 보인다, 그러한 개인적인 코멘트를 피력한 후였다. 13시 5분 전, 다른 아이들도 시험지를 제출할 준비를 하고 있다. 팀은 레나의 옆을 지나며 그녀의 어깨를 한번 두드려 준 다음 오줌보가 터질 듯해 화장실로 직행한다.

"괜찮았어? 잘 본 거야?"

화장실에서 나오는 팀에게 레나가 묻는다.

"응, 너는?"

"나도 괜찮았어."

"우리 점심 함께할까?"

"미안해. 오늘도 아르바이트하러 가야 돼. 대신 내일 만나자. 약속대로 내가 내일 저녁에 초대할게."

"와우!"

팀은 신이 난다.

"그럼, 안녕. 우리 문자하자."

"응, 알았어."

270분간 시험장에 갇혀 있다 나온 팀은 공기가 특히나 신선하게 느껴진다. 이럴 때일수록 담배를 한 대 피워 줘야지, 생각하며 그는 끽연자들이 모여 있는 곳으로 향한다.

"팀!"

귀에 익은 목소리가 들린다. 와우! 엄마다. 다른 때와 달리 엄마는 오늘 아침에도 학교에 자신을 데려다 주었다. 몇 가닥의 흰머리를 바람에 날리며 엄마가 아침에 공치사하듯 말했다.

"팀, 너 혼자 고3이 아니야. 지금 우리 식구 모두가 고3이야. 너 혼자 시험 보는 게 아니라 식구 모두가 시험을 보는 거라구. 개인기도 중요하지만 때론 이렇게 팀워크도 중요하지! 그러니까 팀, 외로워 말기를! 자, 파이팅!"

팀워크가 중요하긴 하지만 왜 하필이면 지금…… 중얼거리며 팀은 엄마에게 다가간다.

엄마, 나 배고파 죽어, 엄마의 팔에 매달리며 눈을 일부러 허옇게 뒤집는다.

*

팀은 엄마 차를 빌려 레나를 데리러 간다. 팀은 다른 아이들처럼 17살에 운전면허를 딴 다음 18살이 될 때까지 엄마의 동승하에 운전을 해 왔다. 팀은 5일 후에 체육이론 시험이 있고 그 일주일 후에 역사 시험이 있어 불안하지만 오늘 하루는 레나와 다른 도시에서 저녁을 먹으며 즐겁게 보낼 작정이다.

레나는 집 앞에서 팀을 기다린다. 예년 같지 않게 4월 말인데도 날이 무척 덥다. 길 건너에 엄마의 모습이 보인다. 환한 햇살 아래 이웃 아줌마와 이야기를 나누며 웃고 있다. 아버지가 죽고, 전학을 하고, 이곳으로 이사 와 2년 정도가 지나는 동안 엄마는 다행히 새 이웃과 친해져 이야기를 나누며 웃기까지 한다. 물론 손으로 입을 가린 상태이다. 아버지에게 맞아 아랫니 하나가 부러졌는데 그걸 치료하지 않아 엄마는 웃을 때면 손으로 항상 입을 가린다. 그런 엄마의 모습에서 레나는 현재까지 생생하게 존재하는 과거를 본다.

레나의 엄마는 자신의 남편이 나쁜 사람이 아니라 아픈 사람이라고 생각했다. 사람이 살다 보면 독감에 걸리거나 골절이 될 수도, 심지어 암에 걸리기도 하는 것처럼 남편의 마음에도 치유되지 않는 중병이 들었다고, 자신이 밉고 싫어서 때리는 게 아니라 고통스러운 마음의 병을 삐뚤어진 방식으로 표현하는 것이라고 생각했다. 맞는 게 무서워 도망을 가기도 했지만 시간이 지나면 남편이 다시 불쌍해졌다.

하지만 딸 레나가 그렇듯 그녀도 우울하지 않은 건 아니었다. 그녀는 우울할 때면 무작정 밖으로 나가 조깅을 했다. 이웃을 만나 수다를 떨었다. 책을 읽거나 하루 종일 잠을 자기도 했다. 감성을 자극해 자신을 더욱 우울하게 만드는 음악은 절대로 듣지 않았다. 술을 마시거나 중독성이 있는 약에 기대지도 않았다. 그래서일까, 최소한 절망의 나락으로 떨어지지는 않았다. 소원한 사이로 지내긴 하지만 딸과 크게 다투지도 않는다.

이웃과 수다를 떨던 어느 순간 그녀는 딸과 눈이 마주친다. 어색해 얼른 고개를 돌린다. 본고사를 앞두고 아르바이트를 하며 가끔 양로원이나 고아원에 찾아가 봉사활동까지 하는 씩씩한 모습과는 달리 딸은 오늘 연약해 보인다. 외로워 보인다.

엄마는 맞으면서도 왜 아버지를 불쌍해했는지, 왜 위험을 무릅쓰고 다시 집으로 돌아갔는지 레나는 알고 싶지 않다. 술이 깨기 전에 서둘러 다시 술을 마시며 취한 상태를 교묘히 유지하며 산다는 헤르타 뮐러의 소설 속 인물처럼 레나는 엄마와 식탁에 마주 앉아서도 아무 말 없이 밥을 먹고, 먹고 난 다음에는 자신의 방에 들어가 문을 닫고 나오지 않으며 교묘하게 소원한 관계를 유지하며 산다. 앞으로도 자석의 남극과 남극, 북극과 북극처럼 서로를 튕겨 내며 살 것이다. 그러다 보면 가을처럼, 또 겨울처럼 시간이 가겠지.

옛 생각이 날 때면 레나는 두려움에 사로잡히거나 치료를 받아야 할 정도로 우울해지기도 한다. 하지만 엄마를 원망하거나 미워하지는 않는다. 아버지의 폭력을 묵인하고, 나중에는 급기야 학습된 무기력으로 그런 남편 곁에 머물길 자청했지만 최소한 레나가 아버지에게 맞도록 내버려 두지는 않았다. 밥을 굶기거나 빨래를 해 주지 않거나 욕설을 퍼붓지도 않았다. 그렇다고 그녀가 엄마를 이해하는 건 아니다. 엄마를 이해한다는 것, 그것이야말로 그녀가 가장 겁내는 것이다. 엄마를 이해해서 도대체 어쩌겠다는 건가! 엄마와 소원하게 지내지 않고 대체 어떻게 한다는 건가!

하지만 엄마가 불쌍하기는 하다. 독일 여성 네 명 중 한 명이 가장 가까운 사람에게서 육체적이거나 성적인 공격을 한 번 이상 당한다고, 그 폭력은 반복된다고, 그 폭력은 사회 계층과 교육 수준, 문화적인 배경과는 아무런 관련이 없다고 쓰인 기사를 보았는데 자신의 엄마도 그 통계에 잡히는 네 명

중 한 명의 여자이다. 당연히 불쌍하다.

팀이 차에서 내리고, 엄마가 길을 건너온다. 팀의 엄마가 우리 엄마 같았다면 팀도 나처럼 소심하고 까칠한 성격의 소유자가 되었을까? 내가 팀의 부모 밑에서 자랐다면 팀의 성격처럼 낙천적이고 털털할까?

팀이 레나네 엄마를 알아보고 밝게 웃는다. 할로, 인사하며 손을 내민다. 엄마도 입을 벌리지 않은 상태로 희미하게 웃으며 팀의 손을 잡는다. 둘이 동시에 레나를 바라본다. 왼쪽에 서 있는 팀을 바라보며 웃던 레나는 엄마가 서 있는 오른쪽으로 고개를 돌리며 웃음을 지운다.

"너무 늦지 않게 오렴."

엄마가 무미건조한 목소리로 말한다. 가장 안전해야 할 집이 가장 두렵게 느껴질 때에도 엄마는 그렇게 말했지, 레나는 생각한다. 엄마처럼 살지 말자, 엄마처럼 살지 말자, 되뇌면서 버티다 더 이상 버틸 수 없을 때 치료를 받긴 했지만 그런 되뇜은 그녀에게 하루하루 살아갈 힘이 돼 주었다.

"그럼요, 너무 늦지 않을 테니 걱정 마세요."

팀이 레나를 대신해 대답한다.

"오렌지 향이 좋아."

레나가 옆자리에 앉자 팀이 말한다.

"기억하는구나?"

"그럼, 기억하고말고!"

"네가 선물해 준 이 향수, 뿌릴 때마다 네 생각했어. 그럼 됐지?"

"오, 목표 달성이네!"

"고마워. 이제야 고맙다는 말을 하네."

"고마우면…… 볼에 뽀뽀…….."

"팀, 미안하지만…… 난 사랑을 믿지 않아."

"사랑이 종교야? 사랑을 왜 믿어야 해? 사랑은 믿는 게 아니라 그냥 해 버리는 거야!"

"믿는 게 종교밖에 없는 건 아니야, 팀."

"…….."

"마음…… 상했어?"

"아니."

"우리, 밥 먹으러 가는데 기분 좋게 가자."

"좋아."

"팀, 우리 1년 뒤에, 그때도 둘 다 싱글이면 그냥 사랑해 버리자, 응?"

"좋아!"

팀은 음악을 틀어 놓고 20분 정도 차를 달린다. 옆 도시에 있는 레스토랑에 도착한다. 레스토랑은 시내 한가운데에 위치해 있다. 주차할 곳이 마땅치 않다.

"아, 서울 냄새!"

주변을 빙빙 돈 다음에야 겨우 주차에 성공한 팀이 차에서 내리며 말한다.

"뭐?"

"크크. 한국에 갔을 때 시골에 사는 외할아버지를 모시고 서울에 놀러 갔었거든. 거기서 이런 냄새가 났어. 지금 여기보다 훨씬 많이 났어. 하지만 난타 공연도 보고 남산 타워에도 올라가고, 아주 재밌었어."

그랬겠지, 서울은 메가 울트라 도시니까, 레나가 말을 받으며 레스토랑으로 들어선다. 레나가 주인에게 인사한다. 둘은 예약해 놓은 자리에 앉는다.

"레나, 여자친구랑 밥 먹을 때 하지 말아야 할 다섯 가지, 가 있대."

"그게 뭔데?"

"이빨로 맥주병을 딴 다음 뚜껑을 훅 입으로 던져 버리기, 원샷한답시고 호기롭게 병나발 불어 대기, 입에 음식을 가득 넣은 채 말하거나 웃기, 술에 취해 혀 꼬부라진 소리로 2차 가자라고 말하기, 그러느라 지쳐 결국 손으로 턱을 괸 채 코를 골며 자기."

"크크. 웃겨. 그럼 남자친구랑 밥 먹을 때 하지 말아야 할 다섯 가지도 있겠네?"

"아, 안타깝다! 그것까지는 준비하지 못했어!"

"한 가지 정도는 나도 알겠다. 혼자 먹는 게 편해,라고 말하기! 솔직히 난 누군가와 밥을 먹는 게 불편해. 체면 차리느라 많이 먹지도 못하는데 나중에 꼭 체하지. 아, 또 한 가지 생각났다. 입가에 양념을 묻히거나 이에 파슬리 끼고 수다 떨기!"

"레나, 나랑 밥 먹는 게 불편해?"

"조금."

"그래? 잘됐네! 나는 다른 사람이랑 먹으면 더 많이 먹거든? 그러니까 날 위해 계속 불편해해, 알았지? 참 이상도 하지, 사람이 어떻게! 왜! 먹을 때 스트레스를 받냐?"

팀은 이것도 그녀와 가까워지는 한 과정이라고 생각하며 계속 너스레를 떤다.

"레나, 네가 누군가와 함께 먹는 데 익숙해지려면 불편하더라도 참고 계속 함께 먹어야 해. 그런 의미에서 담번엔 내가 널 초대할게. 일주일 후, 어때?"

"시험이 모두 다 끝나고 난 뒤에 만나는 게 어떨까?"

"오케이!"

팀은 레나와 다음 약속의 여지를 남겨 두었다는 사실만으로도 기쁘다.

"레나, 생각나는 것 중에서 가장 재밌었던 일이 뭐야?"

"음…… 18살이 되기 전까지 우리, 밤 12시 이전에 집에 돌아가야 했잖아? 법적으로 말이야."

"그렇지."

"내가 17살 때, 시내에서 친구들과 놀다가 좀 늦어졌어. 지나가던 경찰이 차에서 내리더니 몇 살이냐고 묻더라? 그때만해도 거짓말을 할 정도로 되바라지지 않아서 솔직하게 17살이라고 대답했지. 그랬더니……."

"그랬더니?"

"경찰이 아이들 모두 경찰차에 올라타라고 했어. 모두 겁을 집어먹었지."

"그랬어?"

"웅. 근데 고맙게도 경찰이 아이들 모두를 집에 하나하나 데려다 주었어. 그 뒤로 아이들은 경찰차를 가끔 택시로 이용했지. 일부러 경찰 옆에 다가가서 저, 아직 17살인데 어쩌다보니 밤 12시가 넘었어요,라고 말하면서 말이야. 크크."

"크크, 재밌다. 하긴, 얼른 집에 가라,라고 말하는 것으로 끝나지 않고 경찰은 아이들을 꼭 집에 데려다 주지."

팀은 레나에게 계속 말을 시킨다. 몇 시에 자냐, 시험공부는 몇 시간 정도 하냐, 오늘은 뭐 했냐, 점심에는 뭘 먹었냐, 어떤 운동을 좋아하냐 등등. 그러며 말한다.

"레나, 우리, 다음에 만나서 밥을 먹고 난 다음에 영화도 보러 가자. 영화가 싫으면 맥주 한잔 마시러 가도 되고."

정 할 게 없으면 우리, 부비부비 할까?라고 묻는 건 삼간다. 대신 아, 쇼핑은 싫어, 엄마랑 쇼핑 한번 갔다가 짜증나서 죽을 뻔했거든. 그냥 원하는 것을 사면 되는데 뭘 그리 고르고 비교하고 입어 보는지…… 어쩌고 계속 수다를 떤다.

팀은 그녀에게 맛있는 걸 사 주기 위해 조만간 할머니 집에 가서 다시 잔디를 깎아야 할 것 같다. 잔디가 아직 자라지 않았으면 물을 듬뿍 주고 비료도 좀 뿌려 주어야 할 것 같다. 하인츠 할아버지가 돌아가셔서 이제 경쟁자도 없다. 레나도 레나지만 팀에게는 다른 계획이 하나 있어 용돈을 열심히 모으고 있다. 입이 간지러워 계획이 성공적으로 끝날 때까지 비밀을 유지할 수 있을지는 모르겠지만 아직까지는 비밀이다.

팀은 레나를 집에 내려 준다. 오늘 즐거웠어,라고 말하며 레나가 차에서 내린다. 초대해 줘서 고마워, 너무 맛있었어,

그리고 즐거웠어, 팀이 대답하며 레나를 살짝 안는다. 볼에 뽀뽀하고 싶지만 참는다. 오늘 밤에는 휴지를 꼭 부엌 휴지통에 버려야지, 다짐할 뿐이다. 푹신한 침대에 누워 잠을 청하다 보면 언제나처럼 오늘도 레나에 대한 열망이 오직 한곳으로 집중해 몰릴 것이다.

팀은 아쉬운 마음으로 차를 출발시킨다. 레나가 손을 흔든다. 창문을 열고 그도 손을 흔든다. 혹시나 싶어서 입고 온 까만 팬티에 땀이 차 기분이 그리 상쾌하지만은 않다.

*

팀은 그동안 체육 필기시험을 마쳤다. 다시 일주일이 지난 오늘 역사 필기시험을 본다. 이제 수학 구두시험과 체육 실기시험만 마치면 고3으로서 시험에 시달리는 건 끝이다. 레나는 내일 심리학 필기시험을, 그리고 영어 구두시험만 보면 된다고 한다. 둘은 그 사이에 문자로 안부를 주고받았다.

어젯밤에 팀은 어지러운 꿈속을 헤맸다. 비스마르크를 만나 독일 제국의 통일을 이룩한 그의 철혈정치에 대한 이야기를 잠시 나누었다. 그러다 뜬금없이 강단에 서서 영국과 독일의 산업화에 관한 강의를 하던 중 말문이 막혀 끙끙대기도 했다. 제1차세계대전이 발발하자 우는 엄마를 뒤돌아보며 전쟁터로 끌려 나가던 중 버스 타이어에 펑크가 나 히틀러가 만든 아우토반에 멈춰서는 바람에 집으로 다시 돌아가는데 사실은 버스 타이어가 아니라 자기 신발에 구멍이 나 있기도 했다.

팀은 얼른 샤워를 한다. 빵에 햄을 얹어 먹으며 엄마가 따라 놓은 주스를 홀짝댄다. 엄마가 시험장에 또 데려다 준다. 얼마 전까지만 해도 엄마택시에 올라타는 게 어색하고 아이들 보기에 창피했는데 이제는 익숙하다. 사람은 모든 것에 익숙해지기 마련인가 보다. 엄마가 어깨를 두드려 준다. 긴장한 상태라 그런지 팀은 살짝 코끝이 찡해진다. 엄마의 뒷모습이 쓸쓸해 보이고 자신이 처량하게 느껴진다. 어슬렁어슬렁 교실로 걸어 들어간다.

시험장은 독일어 시험을 보았던 곳과 같은 곳이다. 다시 창가에 앉는다. 나뭇가지가 바람에 흔들리고 우유거품처럼 하얀 구름이 파란 하늘에 동동 떠가고 있다. 느린 듯 빠르게 지나가는 시간처럼 보인다. 멀리 교회의 첨탑이 두 개나 보이고 검거나 주황색인 기와를 얹은 집들이 옹기종기 모여 있다. 시험을 앞둔 자신의 마음과 달리, 교실로 하나둘 걸어 들어오는 아이들의 표정과 정반대로 마을은 무척 평화로워 보인다.

팀은 잠시 다른 아이들과 아무렇지도 않은 듯 웃고 떠들며 장난을 친다. 서로가 서로에게 동기부여를 해 준답시고 일주일 정도 도서관에 모여 함께 공부한 친구들이다. 히틀러 시대의 정치 경제, 산업발전과 제국주의의 확장, 제1차세계대전, 제2차세계대전 이후의 독일과 유럽 등 수업시간에 이미 공부한 테마들을 그때 집중적으로 파고들었다. 첫날은 두 시간 공부하고 여섯 시간 놀았고 시험을 코앞에 둔 어제는 여섯 시간을 공부하고 두 시간 정도 놀았다.

8시 30분, 시험이 시작된다. 회색빛 노트가 팀 앞에 놓인다. 앞장을 넘긴다. 골드하겐(Daniel Jonah Goldhagen)의 논지를 바탕으로 다음의 문제들을 푸시오,라는 문제를 택한다.

1. 골드하겐의 입장을 요약하시오. (점수의 30퍼센트)
2. 나치주의자들의 대량학살에 대한 당신의 지식을 토대로 그의 주장을 설명하시오. (점수의 40퍼센트)
3. 골드하겐의 논지와 마노쉐크의 입장을 출발점으로 삼아 그들의 표현에 대해 서술하시오. (점수의 30퍼센트)

골드하겐은 미국의 사회학자이자 정치학자이다. 그는 나치 시대에 일어난 수많은 범죄가 정말 나치와 히틀러만의 책임일까, 평범한 독일 시민은 과연 책임이 없는 걸까,라는 의문 끝에 독일로 날아와 평범한 병사와 시민들에 대한 자료를 모았다. 병사들이 가족들에게 학살 과정을 자랑스럽게 기술한 편지, 가족들이 다시 즐거워하며 보낸 답장 등 방대한 자료를 바탕으로 『히틀러의 자발적인 사형집행인들』이라는 책을 쓴다. 독일인, 그들은 평범한 독일인이자 자발적인 집행자들이었다,라는 학문적인 결론을 내린 것이었다.

그러자 독일 사회는 우파와 좌파를 막론하고 이에 반발했다. 독일인의 사형집행자, 또는 독일인들로 하여금 과거의 죄를 기억시키게 하려는 정기적인 시도의 하나, 또는 팸플릿 저자 따위에 의해 반복해서 지옥으로 떠밀리는 불행한 독일인, 이라고들 말하며 분개했다. 이 같은 반응은 당시 거의 모든 독일 국민이 동참한 것으로서 진정한 의미의 데모크라티였다,라고 일부 독일 지식인들은 자조하기도 했다.

팀은 아는 만큼은 틀리지 않으려고 노력하며 열심히 써 내려간다. 친구들과 도서관에 간 보람이 있구나, 생각한다. 네 시간 반이 지나 팀은 시험감독인 역사 선생님에게 스물세 장 분량의 시험지를 제출한다.

밖에 나오니 바람이 신선하다. 시험장만 아니면 그 어느 곳의 바람도 상쾌하겠지, 생각한다. 신선하고 상쾌한 공기를 실컷 들이마신다. 이제 담배 한 대 피워 줘도 되겠지, 생각하며 건물 저쪽에 몰려 있는 아이들 가까이로 다가간다. 그때 엄마에게서 문자가 온다.

─ 시험 잘 봤어? 레슨이 생각보다 늦어져서 데리러 가지 못하겠네. 쏘리. 집에 가서 밥 먹고 쉬고 있어.

─ 시험, 뭐, 그럭저럭⋯⋯ 하지만 예비시험 때보다는 잘 봤으니까 걱정하지 마. 오케이, 내가 알아서 집에 갈게. 노 프라블럼!

독일어와 체육이론, 역사 시험을 마친 팀은 이제 이틀 뒤에 수학 구두시험을, 그 뒤에 체육 실기만 보면 된다. 팀은 아홉 개 과목 중 언어영역에서는 독일어, 사회과학 영역에서는 역사, 자연과학 부분에서는 수학, 자유선택에서는 체육, 그 네 가지를 본고사로 택했다. 그나마 자신의 적성에 맞고 자신 있는 과목들이었다. 독일은 문과와 이과의 구분이 없는 융합 형태의 입시 제도라 레나는 독일어, 심리학, 생물, 영어를 선택했고 칼은 독일어, 종교, 화학, 미술을 선택했다.

본고사에서 최소한 100점, 수우미양가 중에 양을 맞으면 합격한다. 또한 상대평가가 아니라 학교선생님들의 재량에 맡긴 절대평가이므로 두 달 정도 꼬박 죽었다 생각하고 끝까지 따라가면 거의 다 붙는다. 불안에 떨 것까지는 없다. 그럼에도 팀은 불안하다. 친구들 모두 그럴 것이다.

"하이, 팀!"

"모두들, 하이!"

휴, 팀은 담배연기와 함께 불안을 길게 날린다. 하늘을 향해 잠시 곧게 올라가던 담배연기가 곧 풀어진다. 나뭇잎 사이로 비치는 햇살에 팀은 눈을 가늘게 뜬다. 잠이 몰려온다. 아이들과 잠시 낄낄거리다 터덜터덜 집을 향해 걸어간다.

행복

"성숙, 부탁이 있어."

카이는 몇 번 망설이다가 전화한다.

"뭔데?"

성숙은 요즘 카이가 별것도 아닌 일로 전화해 안부를 묻고 예전 같지 않게 농담을 던지는 게 싫지 않다. 편한 친구가 생긴 것 같다.

"이틀 뒤에 회사 손님 세 명이 와. 포르투갈 사람들이야. 내가 그곳에 출장 갔을 때 집으로 초대해 극진한 대접을 해 줬지. 그걸 어떻게든 갚고 싶은데…… 뭐, 좋은 레스토랑에 데리고 가면 되지만……."

"무슨 말인지 알겠어, 카이. 집으로 초대하고 싶은 거지?

잘은 못하지만 내가 음식을 할까?"

"그래 줄 수 있어? 회사에서 초대하는 거니까 재료비와 수고비는 받을 수 있어."

"준다는데 안 받는 건 예의가 아니겠지? 하지만 그건 신경 안 써도 돼."

"손님들을 집으로 초대해 대접하면 회사에도 분명 좋은 효과가 있을 거야. 그러니까 비용, 무조건 받아야 해! 그것도 많이! 당케, 성숙!"

싫은 내색 없이 오케이해 준 성숙이 카이는 진심으로 고맙다.

"근데 집이 너무 좁고 누추한걸? 회사 체면이 있는데, 어쩌지?"

"상관없어."

"알았어. 근데 무슨 음식을 할까? 한국 음식? 포르투갈 음식? 아니면 퓨전?"

"그 사람들, 생선을 좋아해."

"그래? 그럼 생선 위에다 한국 양념을 얹어서 구워 볼까? 화려해 보이면서 맛도 좋은 한국 음식 하나를 더 추가하고 말이야. 괜찮겠지?"

"굿 아이디어!"

"지금 회사야?"

"응. 조금 있다 퇴근길에 잠깐 들를게. 함께 장 보자."

"오케이."

성숙은 전화를 끊는다. 잠시 소파에 앉는다. 남편 카이를 처음 만났을 때 잔잔한 수면 위에 꽃잎이 떨어지듯 심장이 화르륵 뛰던 때가 생각난다. 아주 까마득한 옛날 일처럼 느껴진다. 예전에 그에 대해 많이 생각하고 많이 쓰던 나날 또한 생각난다. 그것 또한 너무나 아득하다. 하지만 그가 독일로 떠나던 날 공항에 배웅하러 나갔다가 집에 돌아와 감상에 푹 젖은 채 썼던 일기는 웬일인지 또렷이 기억난다. 배웅해 줄 사람이 아무도 없을 것 같아, 아니 그를 한 번이라도 더 보고 싶은 마음에 그녀는 공항으로 나갔다. 그가 놀라워하며 반가워했다. 말 그대로 그저 놀라워했고, 그저 반가워했을 뿐인데 그녀는 자신의 마음을 읽은 그가 그에 상응하는 대응을 한 것이라고 착각했다.

카이가 떠난다. 한국에서, 내게서 떠난다.

발꿈치를 세운 듯 키가 껑충한 카이가 손을 흔든다. 3개월간의 나와의 사연에 손을 흔든다. 이제 돌아가, 조심해서 돌아가,라는 말을 거푸하듯 긴 오른팔을 위로 뻗어 그릴 수 있는 한 가장 큰 반원을 그리며 거푸 손을 흔든다.

공항의 건조한 공기 때문일까, 눈이 따끔거린다. 그렇게 느끼는 순간 눈물 한 방울이 도로록 뺨으로 흘러내린다. 도로록 흘러내린 눈물에도 이별의 쓸쓸함이 씻겨 내려가지 않는다.

두꺼운 공항유리창으로 투과되는 햇살이 따사롭다. 서 있는 사람은 오시오, 나는 빈 의자,라고 생기발랄하게 노래하듯 오렌지색 의자가 햇살에 반짝인다. 거기에 앉는다.

어떤 연인의 이별하는 모습을 지켜본다. 숙연하고 비장해지더니 눈물 콧물을 짜고, 짜는 모습 보이지 않으려 아예 눈을 안 맞추고, 사람이 눈 안 맞추고 얼마나 오랫동안 눈물을 짤 수 있나 신기록이라도 세우듯 그 자세 그대로 절묘한 늦장을 부리고, 그러다 출국 그 가장 마지막 순간에 으흐흑, 뛰어 들어가는 연인을 바라본다. 부럽다.

전광판을 가득 메운 글자 하나하나가 그 모양을 달리하느라 동시에 분주하다. 의자에서 일어나 공항 밖으로 나간다. 부리를 앞으로 쭉 내밀고 양 날개를 뒤로 젖힌 채 45도 각도로 비상하는, 파란 새 문양이 새겨진 루프트한자 비행기가 맑고 투명한 가을 하늘 위로 날아오른다. 공중에 떠서 따뜻한 음식을 먹는 유일한 동물인 사람들로 가득 찬 비행기가 날아오르며 휘이이익, 굉음을 낸다.

순간 피카소의 그림을 보다가 갑자기 폴라로이드 인물 사진을 보는 듯, 쇼팽과 리스트의 음악을 듣다가 갑자기 라이브 랩송을 듣는 듯, 신비하고 환상적인 옛이야기를 듣다가 8시 저녁뉴스를 듣는 듯, 소설을 읽다가 칼럼을 읽는 듯 현실감에 휩싸인다. 그래, 그는 이제 없다.

안녕, 카이! 나는 나지막이 이별의 말을 한다.

그래, 그런 시절이 있었지, 중얼거리며 성숙은 소파에서 일어난다. 하지만 이제는 아니야, 더 이상 아니야, 이대로가 좋아, 그리움도 조바심도 없는 지금이 편안해, 생각하며 화장을 고친다. 저녁 준비를 한다. 카이가 퇴근하자마자 오면 5시쯤 될 것이다. 팀도 6시쯤 올 것이다. 그래, 그를 기다리지만 연주회를 앞두고 있는 듯 가슴이 콩닥거리지는 않아, 그래서 좋아, 정말이야, 그녀는 속생각을 한다.

팀은 오늘따라 배가 고파 5시쯤 도서관에서 돌아온다. 내일 수학 구두시험이 있다. 엄마가 노래를 흥얼거리며 음식을 만든다. 급히 음식 준비를 했는지 싱크대 위가 어지럽다. 팀은 엄마를 돕는다.

"누가 와?"

여자,라는 이름의 향수라도 뿌린 듯 엄마가 움직일 때마다 솔솔 여자 냄새가 난다.

"아빠가 올 거야. 그러니까 배고파도 조금 참아, 응?"

"아빠가? 요즘 자주 오네? 근데, 왜 이 시간에?"

"음…… 그럴 일이 생겼어."

"마침 잘됐다. 안 그래도 안 풀리는 수학 문제가 있어 물어 보려고 했는데."

엄마가 민망해할까 봐 팀은 둘러댄다. 어머, 그래? 진짜 잘 됐다, 어쩌구 하며 성숙은 만두를 굽고 불고기를 볶는다. 사이사이 거울에 얼굴을 비춰 본다. 팀은 엄마의 가볍고 높은 목소리, 상쾌한 몸놀림이 낯설다. 하지만 싫지는 않다. 역사 시간에 배웠듯 빌리 브란트처럼 아빠 하나가 무릎을 꿇은 것일까? 덕분에 우리 가족 전체가 일어나려나? 생각한다.

반나치 운동을 벌이며 망명까지 한 전력이 있는 빌리 브란트는 1970년, 독일 총리로서는 처음으로 두 국가 간의 정상화를 위해 폴란드를 방문한다. 하지만 강제수용소를 설립해 하루에 많게는 6,000여 명의 유대인을 학살한 나치의 나라 총리였기에 그를 대하는 폴란드 국민들의 시선은 싸늘했다.

빌리 브란트는 비가 추적추적 내리던 어느 날, 예정에도 없이 바르샤바에 있는 유대인 위령탑을 방문한다. 추모비 앞에 선 그가 갑자기 무릎을 꿇었고, 참회의 눈물을 흘리기 시작했다. 너무나 갑작스럽게 벌어진 일이라 그 자리에 서 있던 사람들은 물론 당시 티브이 생중계로 그 장면을 지켜보던 전 세계가 충격과 감동을 동시에 받았다. 이 역사적인 사건은 '무릎을 꿇은 건 한 사람이었지만, 일어선 것은 독일 전체였다'라는 평가를 받았다.

그는 그저 무릎만 꿇은 게 아니었다. 유대인과 그 희생자에 대한 어마어마한 배상금을 지급하는 정책을 수립했다. 보수파의 반대에도 불구하고 초등학교 때부터 독일이 저지른 만행에 대해 교육하는 정책도 단행했다. 지금까지도 그러한 교육철학의 기저는 변함이 없어 팀은 중고등학교 내내 독일 제3제국의 만행에 대한 수업을 받았다.

"엄마, 행복해 보여."

팀은 할머니와 엄마와 아빠, 그리고 한국에 계신 할아버지를 자신의 졸업파티에 초대할 계획이다. 팀아, 힘들어도 조금만 참고 열심히 공부해서 자랑스러운 대학생이 되거라, 라고 쓴 편지와 함께 할아버지는 이런저런 한국 과자들을 넣어 한 달에 한 번 꼴로 그에게 소포를 부쳐 주신다. 팀은 할아버지가 보고 싶다. '고3졸업파티팀'에 자신까지 합쳐 이미 다섯 장의 초대장을 주문했고 또 지불까지 완료했다. 엄마와 할아버지의 초대장은 자신이 그동안 모은 용돈으로, 아빠와 할머니의 초대장은 둘에게서 반강제로 돈을 받아 샀다. 비밀이지만 팀은 아빠를 압박해 할아버지의 비행기표를 사 두었다. 팀의 눈에 아빠는 항상 강자였고 엄마는 약자였기에 아빠는 빌리 브란트처럼 어마어마한 배상금을 지급하는 정책을 수립하는 대신 가능한 한 많은 혜택을 팀과 엄마에게 베풀어야 한다!

"그러니? 그렇게 보이면 그런 거겠지?"

"그래서 나도 행복해, 엄마."

"……."

성숙은 아무 말 없이 팀을 바라본다. 이 가족은 마치 딱 맞지 않는 틀 속에서 부품들끼리 열심히 부대끼며 돌아가는 어떤 기계 같다. 거듭되고 거듭되는 일상이라는 벤진의 힘으로 돌아가는 작은 기계.

"엄마, 내가 오늘 할머니 집에 가서 잘까? 내일 아침에 할머니 집에서 바로 시험 보러 갈까?"

팀이 실실 웃으며 묻는다. 얘는, 그런 게 아니고, 하며 성숙이 자초지종을 말한다. 그때 딩동, 소리가 난다.

"아빠 왔나 봐."

팀이 얼른 현관으로 나간다.

"아빠, 재밌는 얘기 하나 해 줘! 얼른! 나 시험 때문에 요즘 사는 게 사는 게 아니야. 즐겁지 않다고!"

셋이 식탁에 둘러앉자 팀은 어렸을 때처럼 카이를 조른다.

"짜식, 놀 거 다 노는 거 아는데…… 내가 놀아 봐서 알지!"

"그때랑 지금이랑 달라! 난이도가 얼마나 높은데? 옛날 박사들은 아마 한 문제도 못 풀걸?"

"알았다, 알았어. 재밌는 얘기 해 주면 될 거 아냐?"

카이가 대꾸하며 조금 아까 라디오에서 들었다는 우스갯소리를 늘어놓는다.

"세 명의 게으름뱅이가 있었어."

"응. 있었쪄."

팀이 어렸을 때와 똑같이 말한다.

"그들은 서로 자기가 얼마나 게으른지 자랑을 늘어놓았어."

"응. 놓았쪄."

"첫 번째 게으름뱅이가 말했어. '난 어제 도로에서 100유로짜리 지폐를 봤어. 근데 그냥 뒀어, 줍기 귀찮아서 말이야.' 그러자 두 번째가 말했어. '별거 아니네. 난 지난주에 BMW 7시리즈에 당첨됐어. 하지만 귀찮아서 지금껏 가지러 가지 않았어.' 그러자 세 번째가 웃으며 말했어. 뭐라고 했게?"

"아이, 빨랑 다 말해 버려!"

"세 번째가 여유만만하게 말했어. '치, 둘 다 별거 아니네. 진짜루 별거 아니야! 난 어제 극장에 갔는데 두 시간 동안 그냥 소리만 질렀어.' 그 말에 다른 두 명이 동시에 물었어. '그게 게으른 거랑 무슨 상관이야?' 그러자 세 번째가 대답했지. '앉을 때 의자 위에 계란이 있었는데, 일어나기가 귀찮아서 그냥 두 시간 동안 소리만 지른 거라구!'"

히히 하하 호호…… 웃으며 식사한다. 식사는 미디어,라고 했던 누군가의 말이 카이에게 떠오른다. 사람과 사람의 소통을 가능케 하는 식사. 그는 알게 모르게 고개를 끄덕인다. 팀은 웃으면서도 살짝살짝 아빠와 엄마의 표정을 살핀다. 그러는 팀과 어느 순간 성숙의 눈길이 마주친다. 지금까지 얘가 우리 눈치를 살피며 살았구나, 내 감정 처리에 급급해 그걸 미처 알아채지 못했구나, 싶어 성숙의 마음이 갑자기 짠하다.

*

팀과 아이들은 수학 구두시험을 보기 위해 12학년을 총괄해 담당하는 선생님의 뒤를 쫓아 커다란 교실로 들어간다.

그곳에서 선생님이 나눠 준 문제지를 읽으며 30분 동안 발표 준비를 한다. 선생님이 팀을 호명한다. 그는 자리에서 일어나 시험장인 다른 교실로 향한다.

팀은 30분 동안 구두시험을 본다. 조금 전 30여 분에 걸쳐 준비한 내용을 칠판에 적으며 수학용어를 사용해 문제 푸는 방식을 설명한다. 끝까지 계산할 필요는 없다. 칠판을 바라보고 있어 시험관 선생님의 얼굴을 쳐다보지 않아서 좋다. 필기시험보다 차라리 구두시험이 낫구나,라는 생각마저 한다. 하지만 그런 생각을 하는 어느 순간, 갑자기 말문이 막힌다. 앞이 캄캄해지며 목이 뻣뻣하게 굳는다. 이마에서, 온몸에서 갑자기 식은땀이 흐른다. 이러면 안 되는데, 이러면 안 되는데, 선생님에게 최소한 자신의 블랙아웃 상태를 말해야 되는데, 생각하지만 입이 떨어지지 않는다.

다행히 경험이 많은 선생님이 창백한 얼굴로 입을 꽉 다물고 있는 팀의 상태를 알아채고는 물 한 잔 가져다 줄까?라고 묻는다. 팀은 얼른 네,라고 대답하고 싶다. 하지만 목소리가 나오지 않는다.

"팀, 괜찮아?"

선생님이 재차 묻는다.

"네."

팀은 힘을 짜내고 짜내어 겨우 한 마디를 내뱉는다. 그 소리가 팀의 귀에 마치 끅이나 캑, 컥 소리로 들린다.

선생님이 가져온 물을 마시고 겨우 정신을 수습한 팀은 휴—우— 숨을 한번 내쉰다. 선생님이 몇 마디 조언을 던지며 답을 유도해 준 덕분에 팀은 무사히 구두시험을 마친다. 선생님이 팀을 뒤따라 나오며 묻는다.

"이제 숨이 좀 쉬어지나?"

"넵!"

"순간 아찔했다. 네가 쓰러지면 나보다 큰 널 업고 어떻게 계단을 내려가야 하나, 싶어서 말이야."

"크크. 죄송합니다."

"노 프라블럼!"

"조언, 감사합니다."

"그것 또한 노 프라블럼! 그럼 팀, 이제부터 코가 삐뚤어지도록 마시기를!"

"네. 크크."

팀은 학교를 한번 천천히 돌아본다. 8년 동안 등하교한 길을 걸어 터덜터덜 집으로 돌아간다. 흐읍— 흐읍— 공기 속에 스며 있는, 점점 더 농도가 짙어지는 자유의 냄새를 들이마신다. 시험이라는 이름의 망망대해를 표류하며 갈증으로 목이 탔는데 이제 골목 하나만 돌면 해방이라는 이름의 청량음료가 자신을 기다리고 있을 것만 같다. 그래, 사르트르가 말한 형벌 같은 자유라도 좋아, 그는 생각한다. 팀은 레나와 문자를 주고받는다.

— 레나, 수학 구두시험이 끝났어.

— 아, 좋겠다. 축하해.

— 넌 내일 영어 구두시험이 있지? 준비 잘하고 있어?

— 응.

— 너무 걱정하지 마. 필기시험보다 오히려 쉬울 수도 있으니까. 나도 그랬어. 그럼에도 불구하고 고생을 좀 하긴 했지만.

— 부럽다! 난 지금 런던에서의 어떤 컬처 쇼크, 아메리칸 드림, 세계화 등등과 씨름하고 있어.

— 내일 저녁에 우리, 저녁 함께 먹을까? 내가 초대할게.

— 좋아.

— 그래? 나도 좋아! 그럼 레나, 열공!

— 팀, 넌 어떨 때는 큰언니 같다가 또 어떨 때는 막내 여동생 같기도 해. 귀여워.

— 뭐? 나, 남자야!

— 아, 그러네! 크크.

─ 크크.

팀은 노래를 흥얼거리며 걷는다. 그녀가 이제 대기권으로
돌아왔어요…… 머릿결에 주피터의 눈물을 머금은 채……
그녀는 여름처럼 움직이고 비처럼 걸어요…… 달에 머물다
돌아온 이후 그녀는 봄처럼 듣고 6월처럼 이야기하지요……
이제 그녀는 영혼의 휴가에서 돌아왔어요…….

*

"성숙, 얼른 집 앞으로 나와 봐!"

"갑자기 왜? 무슨 일인데?"

"그냥 얼른!"

"오케이!"

성숙은 부랴부랴 집 앞으로 나간다. 카이가 새 차 앞에 서
서 씨─익 웃고 있다. 성숙에게 차 문을 열어 주며 얼른 타, 라
고 말한다.

성숙은 의자에 앉는다. 와, 좋은데, 어쩌고 하며 카이의 기
분을 맞춰 준다.

"이번 일이 잘 성사돼 새 차를 받았어. 다 당신 덕분이야.
손님들이 그날 얼마나 좋아하던지!"

그가 버튼을 누르며 말한다. 시트가 뒤로 눕혀진다.

"으……으…… ."

성숙은 자신도 모르게 신음 소리를 지른다. 시트에 마사지 기능이 옵션으로 들어가 발목까지 조였다 풀어 주었다 한다.

"손님 접대용으로 받은 찬데 혹시 몰라 당신부터 접대해 보는 거야. 혹시 감전이 되거나 어디 하자 있으면 얼른 다른 차로 바꿔 달라고 하려고 말이야. 크크."

카이가 웃으며 성숙을 돌아본다. 으……으……. 그녀는 예전에도 자신의 차에 올라 이런 신음 소리를 낸 적이 있다. 팀을 낳고 일주일 동안 병원에 있다가 주차장 땡볕 아래에 서 있던 자신의 차에 팀을 안고 올라탔을 때였다. 그때 그는 그녀가 더운 걸 참느라 그런 소리를 내는 줄 알고 차창을 모조리 활짝 열었다.

"그날 당신, 환상이었어. 포르투갈 손님들 모두 껌뻑 죽었다구!"

손님들을 초대한 날, 그러니까 2주 전에 성숙은 신선한 도미 여섯 마리 위에 한국식 갖은 양념을 뿌린 다음 얇게 썬 파랗고 빨간 고추를 올려 오븐에 두 마리씩 구워 냈다. 화려해 보이기도 하고 먹음직스러워 보이기도 하는 양장피를 가장 큰 접시 두 개에 담아냈다. 인터넷을 통해 땅콩겨자소스 만드는 법을 배워 그 위에 뿌렸다. 디저트로 키위 케이크를 만들었고 맥주와 와인을 대접했다.

마침 수학 구두시험을 마치고 집에 돌아온 팀이 기다랗고 힘센 팔로 성숙이 열 번에 할 것을 서너 번만 움직이며 식탁과 의자, 음식을 옮겨 주었다. 다리가 길어 높은 곳에 있는 물건을 힘 안 들이고 내려 주기도 했다. 그동안 팀의 길고 넓고 무거운 스웨터와 청바지를 빨면서 흘렸던 땀을 그날 하루에 다 보상받은 느낌이었다.

팀이 서빙까지 맡아 주었다. 남방 사람들 특유의 여유로움과 자유분방함 덕분에 식사하고 담화를 나누는 내내 분위기가 화기애애했다. 손님들이 성숙과 팀을 도와 직접 부엌을 들락거리며 셀프 서빙을 하기도 했다. 젊었거나 늙었거나, 많이 배웠거나 조금 배웠거나 남자들이 모이면 늘 스포츠와 정치, 여자이야기로 귀결된다는데 성숙과 팀이 있어서 그런지 그날 손님들은 여자이야기를 '조금 덜'했다.

그날의 하이라이트는 성숙의 피아노 반주에 맞춰 다 같이 즐긴 노래와 춤이었다. 성숙은 그날 특별 선물로 슈베르트의 피아노 소나타를 연주하려고 했는데 팀이 좋은 생각이 있다며 한 가지 제안을 했다. 축구선수 호날두가 골을 넣은 직후 그 기쁨을 이기지 못하고 미셸 텔로라는 가수의 춤을 즉흥적으로 흉내 내는 바람에 한층 유명해진 노래가 있다고, 그 악보를 인터넷에서 다운받아 주겠다고 했다.

Nossa, nossa

(세상에, 세상에)

Asso, você me mata

(너, 정말 죽여)

Ai, se eu te pego

(너랑 사귈 수 있다면)

Ai, ai, se eu te pego

(내가, 내가 너랑 사귈 수 있다면)

아니나 다를까, 성숙이 피아노 악보대로 연주를 시작하자 술기운이 오른 손님들이 포르투갈어로 된 노래를 목이 터져라 따라 불렀다. 모두 자리에서 일어나 왼팔을 앞으로 내민 다음 오른팔을 앞으로 내밀고, 앞으로 내민 왼팔을 가슴 쪽으로 끌어당긴 다음 오른팔 또한 가슴 쪽으로 끌어당기고, 끌어당긴 두 팔의 팔꿈치에 힘을 준 다음 뒤쪽으로 밀고…… 흥겨운 리듬에 맞춰 호날두와 똑같은 동작으로 광란의 춤을 추었다. 접대는 대성공이었다.

성숙은 며칠 전에 회사로부터 사례금을 받았다. 재료비의 다섯 배가 넘는 돈이 그녀의 통장으로 들어왔다. 그녀는 팀에게 10분의 1정도만 떼어 주었다. 남은 돈으로 한 달 후에 있는 아버지의 생일에 소포를 하나 꾸려 보낼 생각이다. 모두에게 윈윈이 된 저녁이었다.

"카이, 다음번에도 내가 호스티스 해 줄 수 있어."

"진짜?"

"그럼!"

"오케이!"

"카이, 나 여기 30분만 누워 있어도 돼?"

"물론이지!"

"으……으…….."

카이는 아내를 물끄러미 내려다본다. 영국의 어느 철학자가 말한 것처럼 그때 나는 별을 따기 위해 까치발을 든 채 고개를 치켜들고 손을 위로만 뻗어 대느라 발밑에 있는 꽃을 잊어버렸구나,라는 생각을 한다. 별을 따지 못해 상실감이 깊어졌는데 그걸 정직하게 응시하지 않고 상황을 탓하며 어둠의 터널을 지나갔구나, 그 나이 때 얼마나 당연한 일인가, 하지만 얼마나 후회되는 일인가, 생각하기도 한다.

팀은 동네에 있는 축구장을 스무 바퀴 정도 돈 다음 집으로 돌아온다. 스포츠 심화코스 실기시험에서는 5킬로미터를 19분 안에 뛰어야 점수가 2+ 나오고, 21분 안에 뛰면 딱 3점이 나오는데 오늘 휴대폰 앱으로 거리와 시간을 재 본 결과 20분 안에 뛰었다. 지금의 컨디션이 내일까지 지속된다면 적어도 2-의 점수가 나올 것이다. 이럴 땐 내가 여자였으면 좋겠어, 팀은 잠시 생각한다. 여자아이들은 22분 안에 뛰어도 1+의 점수를 받기 때문이다.

다른 아이들은 열흘 전에 체육 실기시험의 모든 과정을 통과했다. 그는 계단을 내려가다가 발목을 삐끗하는 바람에 다른 아이들이 음식조절을 하며 매일 연습을 하는 동안 물리치료사에게 치료를 받으러 다니고 수영을 해야 했다. 다행히 배구와 던지기, 높이뛰기 시험에는 참여할 수 있었지만 5킬로미터를 뛰는 것까지는 무리라 내일로 따로 시험일이 잡혔다. 내일 팀 혼자 5킬로미터를 뛰어야 하는 것이다.

체육은 필기와 실기의 점수 비율이 1대 2이기에 팀은 끝까지 마음을 놓을 수 없다. 혼자 뛰어야 한다는 생각에 왠지 쓸쓸해지기도 한다.

—팀, 컨디션, 괜찮아?

레나에게서 문자가 온다.

—판타스틱!

─좋았어! 내일, 내가 네 옆에 있어 줄게.

─진짜? 와우!

─그럼 내일 보자!

응, 고마워,라는 문자를 보내며 팀은 집 앞으로 들어선다. 집 앞에 웬 낯선 차가 서 있다. 선팅이 돼 있어 안이 잘 들여다보이지 않는다. 차 안에서 두런거리는 소리가 나더니 금세 으……으…… 신음 소리가 난다.

"에이, 뭐야, 엽기잖아!"

팀은 중얼대며 차창 가까이 다가간다. 오후 5시 30분, 서머타임이라 밖은 아직 환하다. 팀은 땀이 흘러내리는 이마에 손을 대고 햇빛을 가린 채 안을 들여다본다. 엄마가 시트를 젖힌 채 누워 있고 아빠가 엄마 쪽으로 몸을 돌리고 앉아 있다. 엄마는 여전히 으……으…… 신음 소리를 낸다.

"에이, 뭐야, 진짜 엽기잖아!"

팀은 차문을 활짝 열며 소리친다, 엄마가 급히 몸을 일으킨다. 아빠가 놀란 표정으로 팀을 바라본다.

*

팀은 레나와 함께 시험장으로 간다. 이런 좋은 일이 생기려고 내가 발을 삐끗한 거야, 생각하며 팀은 회심의 미소를 짓는다.

그런데 조용해야 할 운동장이 소란스럽다. 그가 가까이 다가가자 운동장에 모인 아이들 모두 그를 향해 와—와— 소리를 지른다. 스포츠 심화코스를 같이했던 열 명 남짓한 여자와 남자 아이들이다.

"팀, 함께 뛰어 주려고 왔어. 자, 화이팅!"

"깜짝 놀라게 해 주려고 그동안 아무 말 않고 있었지!"

"팀, 힘내! 헛둘헛둘!"

그들은 한마디씩 하며 그의 어깨를 두드려 준다. 스트레칭을 하고 경중경중 몸을 위로 띄우며 팀과 함께 뛸 준비를 한다.

"녀석들! 의리 있기는! 땡케!"

조금 전까지 레나와의 로맨틱한 시간을 꿈꾸던 팀은 자못 아쉬운 마음이다.

"고맙기는!"

"당연하지!"

팀의 속마음을 알 리 없는 아이들이 이구동성으로 대답한다.

"아, 조금 늦었어. 미안."

팀이 뒤돌아보니 설상가상으로 운동복을 입은 칼이 헉헉거리며 서 있다.

"나도 함께 뛰어 주려고 왔어. 네가 다쳤다는 말 듣고 걱정 많이 했는데, 괜찮네? 멀쩡하네?"

"녀석! 의리 있기는! 당케!"

팀은 이번에도 생각과 다른 말을 한다. 생각을 그대로 말하자면 이렇다. 참내! 하필이면 오늘! 노땡큐!

팀은 무사히 완주한다. 엄마에게 전화해 그 사실을 알린다. 엄마가 기뻐한다.

"엄마, 아이들 모두 집에 데려간다! 함께 뛰느라 지금 배가 무지무지 고플 거야. 고기 많이 구워 놔야 해!"

팀은 엄마가 기뻐하는 틈을 타 반강제로 아이들을 집으로 초대한다.

이히 리베 오이히

성숙은 어젯밤, 남편과 다투고 혼자 산책을 나가는 꿈을 꾸었다. 호젓한 산길에 안개가 자욱했다. 가로등이 켜졌지만 어둠을 조금 밀어낼 뿐 주위가 어두웠다. 그녀는 무서운 생각이 들었지만 이왕 나온 거 조금 더 걷기로 했다. 걸으며 누군가와 온기를 나누는 대신 자주 손을 비볐다. 겨우 마련된 두 손의 온기를 차가운 볼에 대었다. 그래, 됐어, 이제 견딜 만해, 중얼거렸다.

안개가 점점 짙어졌다. 자주 오가던 길이라 걱정 없어, 그녀는 중얼거렸지만 생각보다 주위가 어두운데다 짙은 안개 속이라 마치 처음 온 곳처럼 느껴졌다. 다행히 멀리 보이는 가로등 덕분에 겨우 방향을 잡을 수 있었다.

어둡고 안개 낀 길이 그녀 앞에 길게 놓여 있었다. 그 길을 머리 희끗한 남자가 외투 주머니에 두 손을 넣은 채 천천히 걸어가고 있었다. 외롭지만 담담하다는 듯 그의 걸음걸이가 꼿꼿했다. 어둠에 둔탁한 노크를 하며 걷는 듯 노인은 툭, 툭, 무거운 발자국 소리를 냈다. 그녀는 그의 뒤를 따라 걸었다. 당연히 그래야 될 것 같았다. 외투 속에 넣어 따뜻해진 노인의 두 손의 온기가 그녀를 이끄는 것 같았다.

노인의 등을 바라보며 그녀는 어둡고 안개가 낀 길을 끝없이 걸었다. 이상하게 지치지 않았다. 아무 말 없이도 말이 통하는 노인에게 그녀는 어느 순간 아버지, 하고 작게 불러 보았다. 아버지가 뒤를 돌아보았다. 환하게 웃었다. 그녀도 따라 웃었다. 웃는데 눈물이 났다.

그녀는 눈물을 닦으려다 잠에서 깨어난다. 어느새 아침이 밝았다. 꿈속에서 아버지가 활짝 웃었지만 꿈은 현실과 반대라는 말이 떠오르며 성숙은 갑자기 불안해진다. 그녀는 얼른 한국에 전화를 건다. 하지만 아버지가 받지 않는다. 아픈 게 아닐까, 무슨 일이 있는 게 아닐까, 점점 더 불안해진다.

아버지는 정년퇴직 후 글을 모르는 시골 분들을 위해 이러저러한 사무일을 봐 주거나 농사짓는 걸 도와주신다. 3년 전 팀을 데리고 한국에 갔을 때 아버지는 엄마 없이 자라 잘 얼어먹지를 못해 몸이 부실하다며 손자가 아닌 40이 넘은 딸의 밥숟가락 위에 이런저런 반찬을 올려 주었다. 사랑을 찾아 훌쩍 독일로 떠나 버린 딸이고, 매달 최소한의 용돈만 보내 주는 딸인데도 아버지에게는 그저 아픈 딸인가 보았다. 내게도 이런 아버지가 있어! 그러니까 날 우습게보지 말라구! 그녀는 속으로 그 누군가에게 호통을 쳤다.

카이와 헤어져 산다고 말했을 때도 네가 한 결정이니 믿는다,라며 마음과 다른 말을 해 준 아버지가 계속 전화를 받지 않는다. 성숙은 불안한 가운데 레슨을 마치고 집으로 돌아온다. 오후 4시, 카이에게서 전화가 온다. 성숙을 데리러 오겠다고 한다. 어디로, 왜 가는지 알려 주지 않는다.

팀은 오늘 교과서를 돌려주러 학교에 갔다가 간이성적표를 받아들고 집으로 돌아온다. 팀의 총점은 2.5이다. 11학년과 12학년에 걸친 내신과 예비시험, 본고사를 합해 총 900점 만점에 570점을 받은 것이다. 만족할 만한 점수는 아니지만 걱정했던 것보다는 훨씬 괜찮다. 300점을 받아 총점이 딱 4.0*인 아이도 있었다. 그 아이는 그런 자신이 너무나 자랑스러운지 자신이 어떻게 겨우겨우 시험에 통과할 수 있었는지에 대한 이런저런 무용담을 끝없이 늘어놓았다. 그 아이와 반대로 총

---

* 수우미양가 중의 양. 독일에서는 수치가 낮을수록 점수가 높다.

점이 2.0이라 1.9로 점수를 올리기 위해 구두시험으로 재시험을 보겠다며 결기를 다지는 아이도 있었다.

생각보다 성적이 좋아 팀은 기분이 좋다. 하지만 팀의 간이 성적표를 본 엄마는 그리 기뻐하지 않는다. 잘했다고 입으로 말하지만 표정이 밝지 않다.

"엄마, 조금 더 잘했어야 하는데, 미안해."

"아니야. 잘했어."

"근데 표정이 왜 그래?"

"그냥……."

"또 그냥이래! 엄마, 그러지 말고 솔직히 말해. 내 성적, 실망스럽지?"

"아니야. 절대로 아니야. 사실은……."

"사실은……?"

"할아버지가 걱정돼서…… 꿈도 이상하고, 전화도 받지 않고 말이야."

"아, 그래서? 그렇담 걱정 안 해도 돼!"

"응? 무슨 소리야?"

"아, 아냐. 아무것도 아냐."

"너야말로 말해. 사실대로 말하라구!"

입이 간지러운 팀은 더 이상 참지 못하고 이실직고한다.

"사실은······."

"응, 사실은······."

"내가 아빠를 압박, 아니아니, 아빠와 상의해서 할아버지를 독일로 초대했어. 열흘 뒤에 있는 내 졸업파티에 할아버지를 초대하려고 말이야."

"뭐? 그럼 아빠가 지금 할아버지를 데리러 공항에 가려고 날 픽업한다는 말이야?"

"그렇지! 근데 엄마, 내가 말한 거, 그거 절대 비밀이야, 알았지? 나 아빠한테 맞아 죽어. 엄마를 깜짝 놀라게 해 주기로 아빠랑 약속했거든."

"세상에! 일찍 얘기해 줬으면 음식 준비라도 했지."

"엄마, 아빠한테 내가 말했다고 하지 않을 거지?"

"참내, 이걸 좋아해야 하는 건지 어쩐 건지······."

"엄마, 좋아해야 하는 거 맞아."

"갑자기 정신이 하나도 없네. 어쩜 이렇게 감쪽같이······."

"꼭 비밀 지켜 줘, 응?"

"아, 알았어."

"엄마."

"응?"

"어렸을 때 내가 파일럿이 되어 엄마가 원할 때면 언제나

내 비행기에 태워 할아버지에게 데려다 주겠다고 약속했지?"

"그랬지."

"나, 그거 아직 안 잊어 먹고 있었어. 엄마, 할아버지가 독일에 오시는 거, 그건 다른 게 아니라, 엄마를 내가 한국에 데려다 주는 것과 똑같은 거지? 그지? 그러니까 나, 약속 지킨 거지? 응?"

"응. 그렇고말고. 팀, 고마워. 이히 리베 디히!"

성숙은 찔끔 눈물을 흘릴 뻔한다.

"이히 리베 디히 아우흐, 마마!"

팀은 성숙의 볼에 뽀뽀를 하며 웃는다.

*

팀은 엄마, 아빠와 함께 공항에서 할아버지를 기다린다. 졸업파티가 있는 날 할아버지에게 레나를 소개해 줄 생각이다. 레나는 졸업생 중에서 가장 예쁠 것이다. 레나는 졸업생 중에서 가장 좋은 점수를 받았다. 팀을 비롯해 졸업생 모두 환호성을 지르며 레나를 축하해 주었다. 엄마는 이상하다고 했다. 남이 좋은 점수를 받으면 질투하거나 그것에 자극받아 더 열심히 공부해야 할 텐데 독일 애들은 그저 진심으로 축하만 해 주고 만다는 것이다. 하지만 팀이야말로 그렇게 말하는 엄마가 이상하다. 팀 자신이 학생 중에서 가장 빨리 5킬로미터를 뛰었다면 아이들 모두 진심으로 축하해 주는 게 당연하지 않나. 엄마가 피아노 연주를 잘하면 사람들이 박수를 쳐 줘야지 질투를 해야 하나? 공부를 잘하는 게, 달리기를 잘하는 게, 피아노 연주를 잘하는 게 세상의 다가 아니지 않은가!

팀은 레나와 어제 자신의 양복을 사러 갔다. 며칠 전에 12학년 대표로부터 졸업생 모두에게 이러한 긴급 메일이 왔기 때문이다.

졸업파티에 제발 수영복을 입고 오지 말기를 바랍니다. 장난스러운 복장이나 근육이 튀어나와 보이는 쫄티 또한 바람직하지 않습니다. 탕가팬티도 삼가 주세요. 인생에는 정장을 입어야 할 기회가 몇 번 있지요. 졸업파티가 있는 날이 바로 그런 날 중 하나입니다.

팀은 할아버지가 보고 싶다. 가끔 전화를 하지만 3년 전에 엄마와 한국에 갔을 때 보고 그만이었다. 할아버지는 그때 밤마다 팀의 손을 꼭 잡고 잤다. 그것까진 좋았는데 문제는, 잡곡밥과 야채를 좋아해서 그런지 할아버지가 밤새도록 방귀를 뀐다는 것이었다. 팀은 그때의 기억 하나를 떠올리며 피식 웃는다. 할아버지, 엄마와 셋이서 밥을 먹을 때 팀은 그 나름대로 예의를 차린답시고 이렇게 한마디 했다.

"늙은이들부터 먼저 드세요!"

어른 먼저 드세요, 라는 말을 그렇게 하자 엄마와 할아버지가 킬킬거리며 웃었다. 서로의 웃는 얼굴을 보며 눈물을 질금거리기도 했다. 왜 웃는지도 모르고 하하하, 팀도 따라 웃었다.

할아버지는 소리로 아침을 맞았다. 낑낑은 할아버지가 일어나는 소리였고 캑캑은 할아버지가 가래 뱉는 소리, 푸파푸파는 할아버지가 세수하는 소리였고 끄르르륵은 아침 식사 전에 냉수 한 잔을 마시고 트림하는 소리였다.

시골에는 할아버지의 여자친구들이 많아 팀은 매일처럼 초대를 받았다. 그들은 마당에서 키우던 닭을 잡아서 끓여주거나 아껴 두었던 생선을 구워 주는 등 특별대접을 해 주었다. 엄마와 팀은 그들에게 답례로 크림스파게티를 만들어 주었는데 참 맛있다고, 언제 또 한번 해 줄 수 없냐고 물었다.

단 한 가지, 할아버지와 안 맞는 게 있다. 할아버지는 팀이 한국 여자애와 사귀기를 은근히 원한다. 할아버지는 편지 말미에다 항상 '나중에 대학생이 되어 한국에 오면 예쁘고 착한 아이를 소개해 줄 테니 아무 걱정도 하지 말고 공부만 열심히 해'라고 적는다. 하지만 팀은 한국 아이들보다 독일 아이들과 더 쉽게 친해진다. 왜 그럴까, 가만히 생각해 보니 민성이와 헤어진 이후 이런 공식이 생겼기 때문인 것 같다.

"한국 사람 = 언젠가 떠날 사람 = 마음을 주면 안 되는 사람"

팀은 할아버지에게 레나를 소개하기 전에 우선 자신의 그 '공식'부터 자세하게 설명할 생각이다. 할아버지는 분명 고개를 끄덕이며 그려, 그려, 할 것이다. 자신이 예전에 한국에 갔을 때 할아버지, 과자 먹고 싶어,라고 말하거나 할아버지, 화장실에 가고 싶어,라고 말해도 할아버지는 그려, 그려, 하셨다. 처음에 그게 무슨 말인지 알 수 없어 팀은 얼른 종이를 찾아와 과자를 그리고, 그 급한 와중에 종이 위에다 화장실의 변기를 그렸다.

성숙의 아버지는 세관을 통과한 후 밖으로 나온다. 공항의 수많은 인파 속에서 눈으로 딸을 찾는다. 딸은 어렸을 때 해가 져 어둑어둑할 무렵이며 서럽게 울곤 했다. 무슨 애가 그리 청승이냐! 원래 야단을 잘 치지 않는 그가 크게 꾸지람을 할 정도로 딸은 서글프게 울었다. 옛날에 사냥 나간 남편을 기다리는 여인네가 해 저물 때까지 남편이 돌아오지 않으면 혹시 남편이 짐승에게 잡아먹힌 게 아닐까, 싶은 절체절명의 불안 속에 짐승 소리를 내며 울었듯 일찍 엄마를 잃은 딸도 그런 심정으로 우는 게 아닐까, 야단치는 내내 그의 가슴은 찢어졌다. 이제야 그렇지 않겠지만 세수할 때 무서워하며 오줌을 지리던 모습, 저물녘이 되면 그렇게 서글프게 울던 딸의 모습이 항상 그의 마음에 아프게 남아 있다.

그는 딸에게 또한 고마운 마음이다. 시골에서 그는 독일 사위네, 아니면 독일손주네로 통하는데 딸이 가끔 보내 주는 소포 속에는 지갑이나 재킷 등 비싼 것들 외에도 치약과 칫솔, 핸드크림과 박하차 등 소소한 독일 물건들이 들어 있어 그걸 동네 할머니들에게 하나씩 나눠 주면 좋아서 난리가 난다. 딸 덕분에 할머니들 사이에서 그의 인기는 요즘 아이들 말로 짱인 것이다. 할머니들은 다투어 그에게 고구마도 쪄다 주고 떡도 해다 준다. 어떨 때는 누가 두고 갔는지 모르게 마루 위에 고춧가루와 참깨, 과일 등이 올려져 있다. 딸은 전화도 자주 하고 매달 용돈도 보내 준다. 얼마나 고마운지! 전화를 걸 때마다 아버지 혼자 사는 게 항상 마음에 걸린다고, 아버지와 혼자라는 단어에 유독 힘을 주어 말했다. 하지만 전혀 그렇지 않다. 전화와 편지, 소포와 가끔의 만남이라는 이름의 접착제로 그는 언제나 딸과 끈끈하게 연결돼 있다.

딸과 늘 함께 사는 것이다. 그는 손주도 보고 싶다. 작은 손으로 조물락조물락 어깨를 주물러 주고, 자다 말고 가끔 뒤에서 와락 껴안던 녀석이다. 녀석은 동네에 있는 산에 자신과 함께 올라서는 높아,라고 말한다는 걸 와, 너무 깊어,라고 말했다. 스스럼없이 바지를 내리며 고추에 난 털을 자랑스레 보여 주기도 했다. 더듬거리면서도 자신에게 계속 한국말만 하던 녀석과 그는 어느 날 함께 만두소를 만들었다. 그런 다음 냉장고에 넣어 둔 만두피를 꺼내 오라고 시켰다. 그랬더니 깜짝 놀라며 얼굴을 굳혔다. 할아버지, 만두에서도 피, 피가 나와?라고 물었다. 시골에서 흔히 먹는 개떡을 주었더니 또한 경악한 얼굴로 할아버지, 개, 개로 만든 떡이야?라고 물었다. 얼마나 귀여운지! 그들은 함께 개구리도 잡고, 콩과 깨가 어떻게 자라는지도 보고, 바람이 많이 불 때는 깨가 넘어가지 않게끔 둘이 한참 동안 몸으로 바람을 막아 주기도 했다. 키가 크고 힘이 좋은 팀은 독일로 돌아갈 때 여름방학 내내 키우고 말린 검은콩 10킬로그램이 들어 있는 가방을 어깨에 따로 짊어지고 갔다. 사위는 사실 조금 어렵다. 딸에게 마음고생을 시켰기에 조금 괘씸한 마음이 들기도 한다. 하지만 팀의 말에 의하면 이제 많이 철이 들었고, 이번에 자신의 비행기표까지 기꺼운 마음으로 마련해 줬다고 한다. 고맙다.

무엇보다 그는 딸에게 엄마 노릇을 해 준 사돈어른이 고맙다. 이번에 만나면 정식으로 감사의 인사를 할 생각이다.

　카이는 비행기가 뜨고 내리는 활주로를 바라보며 사람의 인생이란 다름 아닌, 사랑이 뜨고 내리는 무게를 감당해 내는 활주로 같은 게 아닐까, 생각한다. '이히 리베 디히'라고 말하는 법을 배우는 인생의 모든 길이 활주로처럼 탄탄하면 얼마나 좋을까, 생각하기도 한다. 카이는 아버지를 기다리는 성숙을 바라본다. 20년 전에 공항으로 자신을 배웅 나왔을 때처럼 그녀의 얼굴이 발그레하다. 팀을 바라본다. 휴대폰을 들여다보았다가, 전광판을 바라보았다가 잠시도 가만있지 않는 팀의 얼굴 또한 발그레 상기되어 있다. 문제의 남편 옆에 문제의 아내와 문제의 아들이 있듯 설레어하고 행복해하는 두 사람 옆에서 카이 또한 행복하다.
　'이히 리베 오이히(사랑해, 모두)!'
　카이는 입술을 움직이는 대신 마음속으로 나지막이 말한다. 이렇게나마 말할 수 있게 되기까지 참으로 많은 시간이 지났구나, 모든 게 언제나 제자리에 있었는데 주위를 빙빙 돌다가 나는 이제야 돌아왔구나, 생각한다. 삶이란 엄중하지만 때론 축복이기도 하구나, 생각하기도 한다.

마법 같은 말, 이히 리베 디히

독일에서 태어나고 자란 두 아이가 고등학교를 졸업했다. 아이들의 졸업식에 참여하기 위해 한 번은 교회로, 한 번은 학교 강당으로 갔다. 한국과 비슷하게 행사장은 식구와 친지들로 북적거렸다.

고3을 맡았던 선생님이 졸업생의 이름을 하나하나 불러 무대 위에 세웠다. 교장선생님이 미소 띤 얼굴로 각각의 졸업생들에게 악수를 청했다. 한마디씩이나마 덕담을 해 주며 졸업장이자 성적표를 일일이 손에 쥐여 주었다. 어느 학교에서는 졸업생이 무대에 올라갈 때마다 본인이 직접 고른 음악을 틀어 주고 어릴 때와 학창시절의 사진을 행사장 스크린 위에 띄워 주었다고 한다. 덕분에 졸업생을 처음 보는 사람들조차

금방 친밀감을 느꼈다고 한다. 학교 차원에서의 졸업선물이
아니었을까.

가장 우수한 성적을 받은 졸업생이 대표로 축사를 할 때
다른 졸업생들은 질시의 눈초리를 보내는 대신 자신의 일인
양 기뻐해 주고 크게 박수를 쳐 주었다. 졸업생 한 사람 한
사람이 이미 충분하게 축하와 인정을 받았기 때문이다.

에릭 헤그만(Eric Hegmann)의 저서 『사랑지침서』에 보면
독일인의 3분의 1정도는 만난 첫날에, 5분의 1은 한 달쯤 후
에 '이히 리베 디히'라는 사랑의 고백을 한다고 한다. 백 명 중
에 한 명만 그 말을 하지 않는다고, 독일인들은 애인이나 가
족에게 '이히 리베 디히'라는 말을 하는 데에 쑥스러워하지 않
는다고 한다.

나처럼 오래전에 한국에서 교육받은 사람이나 몇몇 다른
외국인을 뺀 독일 학교의 졸업식장의 북적거림은 그러므로
'이히 리베 디히'라는 말의 북적거림이 아니었을까. 아닌 게
아니라 사랑의 고백이 오고 가는 듯 그곳에 모인 많은 사람
들의 얼굴은 발그스름하게 상기되어 있었다.

난쟁이처럼 조그만 아이가 어느 순간 다가와 사뭇 진지한
얼굴로 마마, '이리베디(이히 리베 디히)' 쫑알거리며 꼭 껴안아
주었을 때의 감동이 생생하다. 그 어디에서도 받을 수 없는

아이 차원의 선물이었다. '이히 리베 디히'라는 말이 일상화되면 의미의 인플레가 생길 것만 같아 그동안 엄마와 아내와 딸의 차원에서 아껴 가며 선물을 주었는데 앞으로는 듣는 사람의 심장이 2분의 2박자로 뛰게 하는 그 마법 같은 말을 조금더 자주 사용해야겠다. 말 그대로이니까. '내가 네 옆에 있어'라는 말에 다름 아니니까.

고3의 일상을 짧은 기록으로 피력해 주었고, 이제는 졸업해 1년 동안 칠레로 봉사활동을 떠난 배요한에게 '당케', 감사의 인사를 전한다.

글의 진도가 나가지 않을 때마다 이런저런 에피소드로 이야기의 영감을 제공해 준, 친구이자 동료이자 동생인 진선 씨에게 또한 감사한 마음을 전한다.

글의 한계에 봉착해 절망의 나락으로 떨어질 때마다 힘을 실어 주고 끝까지 믿어 준 북멘토의 김혜선 편집장님, 이히 리베 디히!

2014년 10월
보쿰에서 변소영